パール文庫

真田幸村

大河内翠山 著

真珠書院

目次

古今の名将……5
懸賞づきの秀忠の首……10
幸村の奇計、猿飛の奮戦……16
両勇士の失敗……25
意外な使者……30
敵をあざむく計略……39
二人の従僕……43
前髪立の少年使者……49
家康の遠謀……56
首のおあずけ……62

林の中の大男……68
幸村の大量……74
もろこし団子屋……81
城内の評定……85
乞食の訪問……89
敵の間者ただ一刺……94
紀見峠の旗風……100
入城の出迎……105
奈良の夜討……111
夏の陣悲壮の最期……115

■ 古今の名将

戦争をして智恵のある人はといえば、支那で諸葛亮孔明《しょかつりょうこうめい》、日本では楠木正成《くすのきまさしげ》、真田幸《さなだゆき》村《むら》だといわれるほどに、真田幸村は智恵のある人であった。

この幸村の父を真田安房守昌幸《さなだあわのかみまさゆき》といって、これが古今の智将、この昌幸は天文の十二年七月十一日に生れたのですが、お母さんのお腹《なか》の中にいること十二ケ月、普通の人より二ケ月よけいに腹の中にはいっていた。生れた時には、全身真赤であったという、赤いから赤ン坊というのでしょうが。顔に七つの痣《あざ》があって、瞳がばかに赤く光っていた。小さい時の名を源五郎《げんごろう》といって、少年の時から武田信玄《たけだしんげん》の近習《きんじゅう》となって、六人衆といわれた英雄の一人。ただ強いばかりではない、小兵を以て大軍をなやますことが上手、その智謀計略には、人が皆舌をまいて驚くくらい。この昌幸に二人の子があって、長男が信幸《のぶゆき》、後に伊《い》豆守《ずのかみ》といって、上州沼田の城主になった。次が本篇の主人公の真田幸村、元亀《げんき》元年の生れ。

そういう智恵のある父昌幸の手許にあって、寵愛を受け、家庭の教育によって修養を重ねたから、実に父の昌幸に劣らぬ智謀がありました。けれどもいくら智恵のある人でも、家来に良いものがなければ、その家は栄えない。それを知っておるから、昌幸も幸村も英雄豪傑と見ればこれを抱える。そうして手厚くもてなすから、ああこの君のためなら命をなげうっても尽そうという家来ばっかり、その人達は穴山小助《あなやまこすけ》、名和無理之助《なわむりのすけ》、根津甚八郎《ねづじんぱちろう》、望月主人《もちづきもんど》、由利鎌之助《ゆりかまのすけ》、駒《こま》ケ岳大仁坊《たけだいにんぼう》、三好清海入道《みよしせいかいにゅうどう》、猿飛佐助《さるとびさすけ》、霧隠才蔵《きりがくれさいぞう》、大力角兵《だいりきかくべ》衛《え》などという一騎当千の豪傑ばかりです。その中でも大力角兵衛というのは、本名渡辺角兵衛といって身の丈が七尺、四十貫八角の鉄の棒を打ち振って戦場へ出て、敵をゴツーン、ゴツーンとたたきつぶして歩くという大豪傑。又猿飛佐助、霧隠才蔵という人は、皆さんもおなじみの忍術使。こういう人達を家来に持って、真田父子《おやこ》の智謀で敵を悩ますのですから、どこの戦場でも、真田と聞くと敵は震えあがって、戦わない先に逃げたというくらいであります。

　しかし、こういう智恵のある人ですから、一見して利口そうな油断のないような人かと思うとそうでない。大賢《たいけん》は愚なるが如し、ほんとうの賢者はこせこせこせつかない、ばかかと思われるようにボーッとしている。この真田幸村もこの愚に似た方で、ふだんは黙々としているが、いざ戦争となると、敵を震えあがらせるような智恵がはたらく、ここが幸村の偉いところです。

その後、大谷《おおたに》刑部《ぎょうぶ》少輔《しょうゆう》吉隆《よしたか》という人のとりなしで豊臣秀吉の家来になって信州上田の城主となり、秀吉の計らいで、大谷吉隆の娘を妻とした。ですから真田父子は秀吉に忠勤をはげんでいました。そのうちに秀吉が死んで、秀頼の代になると、徳川家康の勢がめきめきと強くなって来た。外の大名の多くは徳川の家来と同様になったのに、真田父子は秀吉の恩を忘れないから、決して徳川に従わない。すると慶長五年に関原の合戦が起ったので、いよいよ幸村が大活動をして、徳川の大軍を悩ます時がまいりました。

関原の合戦というのは、秀吉取立の大名石田《いしだ》治部《じぶ》少輔《しょうゆう》三成《みつなり》が、秀頼を守立てて、徳川を滅ぼして、再び豊臣の天下にしようというので、美濃の国関原に兵を挙げたのです。

この時丁度徳川家康は、秀忠と一しょに、奥州会津の上杉を討とうというので、下野《しもつけ》の小山というところまで進んで陣を取っていたが、石田が旗揚げをしたと聞いて、驚いて引返し、東海道を通って美濃へ向った。秀忠は、中仙道《なかせんどう》を通って美濃へ向い、親子で石田の軍を挟み打にしようというつもりで進んだ。この時に真田安房守昌幸は、長男の伊豆守信幸と、次男の左衛門佐《さえもんのすけ》幸村《ゆきむら》とを呼んで相談をした。

昌「今度美濃の関原で石田が旗揚をしたが、お前達はどっちに味方をする」

すると伊豆守信幸の奥方が、徳川の四天王の一人、本多《ほんだ》平八郎《へいはちろう》忠勝《ただかつ》の娘ですから、伊豆守はどうしても徳川方へつかないわけにはいかない。

信「私はこれまで徳川家の恩になっておりますから、徳川方へ味方いたします」
昌「幸村はどうじゃ」
幸「私は豊臣家の御恩になっておりますから、今徳川の勢がよいからといって、徳川方へつくわけにはまいりません。豊臣方に味方いたします」
昌「もっともである。私の豊臣家には一方ならぬ恩義に預かっておるから豊臣家へ味方をする、それでは親子兄弟敵味方、これも戦場の習い、恩義のうえから仕方がない」
ここで親子兄弟、敵味方に別れることになり、伊豆守は徳川方へ、昌幸、幸村の親子は豊臣方へ、右と左に涙をのんで別れたのであります。
そうして昌幸、幸村は、信州上田の城に籠《こも》って、今に徳川秀忠の大軍がこのところを通ったら、ただ一打にして関原へ行けないようにしてやろうと、すっかり用意をして、さあ来《きた》い来れと待ち受けている。
徳川秀忠は本多佐渡守《ほんださどのかみ》、榊原式部少輔《さかきばらしきぶしょうゆう》、酒井備前守《さかいびぜんのかみ》、大久保相模守《おおくぼさがみのかみ》、真田伊豆守などを供につれて総勢五万の大軍、信州小諸というところに進んで来たのは、慶長五年九月二日。と、上田の城に真田幸村が、立籠っているという注進。秀忠には真田が、どっちへ味方するのかわからないから、使《つかい》をやって聞合わせると、
「吾々父子は豊臣方の味方をして当上田城に立籠り、秀忠公お通りとあらば、ここに於て

食いとめる考、まず関原の戦がすむまで、この城下でお茶でも呑んで、ゆっくりお休みなさい。それがいやならお相手をいたすから、鉄砲弾でも召上がれ」

という返事です。鉄砲弾などを喜んで食う奴があるものではない。おとなしい秀忠だが、烈火の如くに憤り、

秀「憎き幸村め、その儀ならば、関原へ出陣の血祭に、上田の城、ただ一もみにしてくれん」

とあって、すぐに小諸を立って上田へおしよせて来た。

この時に真田伊豆守が、

信「弟ではございますが、幸村は恐るべき智者でござるから、決して油断をなすってはいけませぬ、神流川《かんながわ》の手前に陣をお構えなさい」

といって諫《いさ》めたが、年の若い血気の秀忠はとうとう聞きいれないで、神流川という川を渡って陣を構えた。

■ 懸賞づきの秀忠の首

上田の城内では穴山小助、三好清海入道、名和無理之助、由利鎌之助、駒ケ岳大仁坊、猿飛佐助、霧隠才蔵、大力角兵衛などという豪傑連が集って話をしている。

○「どうだ面白くなって来たな」

△「ウム面白くなって来た、久しぶりで戦《いくさ》ができるので、腕が鳴って仕方がない、どうだ誰が一番大手柄をするだろうな」

というと三好清海入道が、

清「そんなことは穴山、聞くまでのことはない、第一の手柄はこの三好清海入道だ」

小「どうして」

清「拙者は木ッ葉武士には目をかけない。大将秀忠の首を取って見せるから、まずおれが一番の手柄だ」

角「だまれッ坊主ッ」

清「なにッ、誰だ……大力角兵衛か、なんだ坊主とは」
角「貴様は頭が丸いから坊主というのだ、第一番の手柄はおれだとはなんだ、貴様のようなものに秀忠の首が取れるものか、蛸入道《たこにゅうどう》……」
清「蛸入道とはなんだ」
角「その口を尖《とが》らしたところが蛸入道だ、秀忠の首はこの角兵衛が取るから、貴様のような奴はお経でもよんでいろ」
清「誰が戦場でお経などよむものか、秀忠の首はおれが取るのだ」
角「ばかをいえ、秀忠の首は、この大力角兵衛がねじり切ることにきめているのだ」
　といっていると後の方で、
×「イッヒッヒヒヒヒ」
　と笑ったものがある。
大「これ誰だ、イヒヒなどと変な笑い方をするのは」
佐「おれだ」
角「ヤア猿飛か、なんだって鼻の頭へ皺《しわ》など寄せて変な笑い方をするのだ」
佐「いやはや貴様が秀忠の首を取るなどといっているからおかしくて笑ったのだ」
角「なにがおかしい」

佐「なにがおかしいといって、秀忠も一方の大将だ、まわりには大勢の家来もいる。貴様のようにばか力ばかりあっても首は取れぬぞ」
角「ばか力とはなんだ、それでは貴様秀忠の首を取る気か」
佐「勿論だ、まず大勢の中で秀忠の首を取るのは、この猿飛より外にはあるまいな、第一忍術を知っている」
角「なんだ忍術など、貴様などは歯をむき出して柿でもかじっていればいいのだ」
佐「だまれ角兵衛、大男総身に智恵が廻り兼ねといってな、大きな奴は血も智恵も半分しかまわらぬのだ、丸太ン棒め」
角「丸太ン棒だ……このニマツキャめ、どうするか見ろ」
いい争っているのを、笑いながら聞いていた幸村が、
幸「これこれ角兵衛佐助控えい、味方同志で喧嘩をしてはならぬ。しかし一同の勇気のほどは感心をいたした。同じことでも敵の大将の首をねらうというのは勇ましいことじゃ、よって秀忠の首を取った者にはほうびをつかわすぞ」
角「ほうび……有難い。して、ほうびはなんでございます」
幸「されば、秀忠の首を取ったものは城中第一の功労者として、隊長とあおぎ、一同敬礼することにいたせ」

大力角兵衛喜んだ。
角「有難い、さあみんな、御主君のおおせだ、敬礼をしろ」
○「まだ早い、誰が取るかわかるものか」
角「いやもうおれに定《きま》っている」

一同腕を叩いて勇み立っている。

すると猿飛佐助なにを考えたか、秀忠が陣を構えた神流川《かんながわ》の川上の方へやって来た。と、そこには上田の領分の百姓達が、ふだん幸村が情を施していますから、徳川の大軍が来たということを聞くと、槍、鎌、鋤《すき》、鍬《くわ》、莚旗《むしろばた》などを持って何百人となく集っていた。
△「さあさあみんないつも御領主様がおれ達にやさしくして下さる、その御恩返しをするのはこんな時だ。今度徳川の軍勢が、上田へ押寄せて来て、いざ戦となったら、御領主様に味方して徳川の同勢を叩き倒してやるべえ」
○「そうだそうだ、おれなどは討死する覚悟でな、女房と水盃《みずさかずき》をして出て来ただ」
△「死ぬ覚悟なら、どんなことでもできべえ」
ワイワイやっているところへ、猿飛佐助笑いながらやって来た。
○「ヤア妙な男がやって来た、顔の赤い猿みたような男だ、気をつけろ、油断がなんねえ、それ、とっ捕《つか》めえて聞いて見ろ」

ぐるぐる大勢で取りまいてしまった。
○「お前様、なんだね」
佐「私《わし》は決して怪しいものではない、真田幸村の家来猿飛佐助というものだ」
○「ああ御領主様の御家来の猿飛佐助というのはお前様かね、忍術の旦那の……」
佐「ここへまいったのはお前方に少し頼みがあって来たのだ」
○「ははアどんなことでがす」
佐「今に戦が始まると、きっと徳川勢がこの川の下の方へ逃げて来て船で渡ろうとするに違いない、その時までこの川上を堰止《せきと》めておいて、いざとなったら私がのろしをあげるから、それを合図に堰を切って水を一度に落してくれ」
○「はあそうかね」
佐「そうすれば敵の大将を生捕《いけど》ることができる、うまく行ったらお前方に沢山の礼をするからどうかうまくやってくれ」
○「ああようがす、礼などはどうでもいい、御領主様へ御恩返しだから、うまくやりますだ」
佐「では頼んだぞ」
○「エエようございます。私等百姓でも水盃までして出て来たのですから、腕前を一つ見て下せえまし……おやッ、どこへ行ったろう、今ここにいたと思ったが、猿飛の旦那……いない、ああ忍術で消えてしまったかね」
△「早えものだな、それやれッ」
というと百姓は神流川の流れを止めて猿飛から合図のあるのを待っている。

〓 幸村の奇計、猿飛の奮戦

こちらは徳川の同勢五万余人、エイエイ声をかけて上田の城におしよせて来ると、城の門は閉っていてシーンとしている。

右「ヤアさては我が大軍におそれて逃げ出したか、それ一打にこの城を乗っとれ」

と先に立った森右近太夫《もりうこんだゆう》、采配をバラリと振って下知したから、徳川の同勢、ドッと声をあげて今や城の門を打破ろうとした時に、ドドーンという物凄いのゝろしの音、これが合図と見えて、今まで閉っていた狭間《はざま》が開くと見えたが、ドドドドッと一時に鉄砲を打出した。徳川勢これはこれはと驚くうちにドドーン……と二度目に上ったのゝろしにバラバラ

バラバラッと城の矢倉へ現れた真田勢、かねて用意がしてあったと見えて、大木大石をポーン、ドシーンドシーンと徳川の大軍の中に投《ほう》り出す、「やアッ痛い」「これは痛い」といったが、もう間にあわない、これに打たれて殺されるもの数知れず。折しも城門サッと開くと見えたるが、三百人の真田勢、槍を持ってドッとばかりに飛出した中に、一際目立つは身の丈七尺、乱髪に布をたたんで鉢巻なし、両眼は爛々《らんらん》としてもゆるが如く、黒糸の鎧《よろい》をつけた荒武者。これぞ幸村の家来、百人力の大豪傑大力角兵衛《だいりきかくべえ》、長さ八尺目方四十貫の大鉄棒打ちふり打ちふり、徳川勢の真ッただ中へ飛びこんだ。

角「ヤアヤア徳川の奴ばらよォッく聞け、当上田の城主真田左衛門佐幸村の家来大力角兵衛とは我がことなり、一人一人は面倒なり、百人二百人重ねておいて叩きつぶすから、頭を揃《そろ》えてこれへ列《なら》べ」

とどなった、誰が頭を揃えて叩きつぶされる奴があるものか。

「それ大力角兵衛を打取れ」

と四方から打ってかかるを、

角「エエものものしや」

と馬を東西に乗りまわし、四十貫の大鉄棒を苧殻《おがら》の如くブーンブーンと振りまわして、徳川の軍勢を叩きつぶしているその有様、天魔が荒れ出したかと怪しむばかり。これがために、さしもの徳川の大軍も、さんざんになって乱れた。この様子を見た森右近太夫、右「幸村本城にあるからは虚空蔵山《こくぞうやま》の砦《とりで》は手薄であろう。それ虚空蔵山の砦へ向ってただ一もみに乗っ取れ」

と下知をした。これに勢を得た徳川勢、列を立てなおして、上田の城から十二、三町ある虚空蔵山の砦に向った。来て見ると砦はシーンとしている。

右「ソレこの間におしかかれ」

と下知をしたから、徳川勢砦の門近くにおし寄せようとした時に、砦の矢倉に現れ出でた一人の武者がある。見ると、これが今上田の矢倉にいた真田幸村であるから、徳川勢アッとばかりに驚いた。これは驚くわけです。上田の城からこの虚空蔵山の砦までは十二、三町ある。それも城外に出なければゆけないから、まさか幸村がここに居ようとは思わなかった。ところが智恵のある幸村はチャンと上田と虚空蔵山との間に、地の底に道を拵《こしら》えておいた、その抜け穴を行くと十二、三町のところがたった四町ばかりで往復ができる、ですから、徳川勢が虚空蔵山へ来た時分には、先に幸村は来てヘエいらっしゃいと待っていた。だから徳川方が驚いたのです。ドドーンというのろしとともに矢倉に現れた真田幸村、バラリと采配を振ると砦の門を左右に開き、穴山小助を初め真田の十勇士の面々、手《て》ん手に得物《でえもの》を持って現れ、当るを幸い東西左右に突き立て切り立てるから、又々徳川勢ドッとばかりに崩れ立った。

森右近太夫は歯がみしてくやしがった。

右「よし幸村、このところにあるからは、上田本城へ攻めかかれ、上田へー上田へーッ」

と下知をしたから、又々徳川勢列を立て直して、エイエイエイと上田の城へおしよせて来た。城門へ攻めかかろうとすると、ドドーンというのろし、これを合図に矢倉にあらわれたのは、今虚空蔵山の砦にいた真田幸村だから、

「おやッ又出た、人形ではないか、造り物か」

と目を皿の様にして見たが、たしかに生きている真田幸村。

すると又々幸村がバラリと打振った采配、それを合図に城門を左右に開いて真田勢、ドドドッとつるべ打に鉄砲を打ち出したから、徳川勢さんざんになって乱れた。

総大将徳川秀忠、神流川《かんながわ》の川岸に陣をかまえていたが、味方敗走の注進に、身を震わしておこった。

秀「いいがいなき味方のものども、いでその儀ならばこの秀忠が出馬いたさん、馬ひけッ」

という下知、側にいた本多佐渡守正信《まさのぶ》、大久保治右衛門《おおくぼじえもん》などいう面々、

×「重き御身を以て軽々しく御出馬あっては相成りませぬ」

と馬の轡《くつわ》を取って、止《と》めている折しも「ワーッ」という鬨《とき》の声。何事ならんと見てあれば、百人余りの真田勢、先に立ったるは、鹿の角の兜《かぶと》に紫糸おどしの鎧《よろい》のうえに、二つ雁《かり》金《がね》の紋ついたる陣羽織を着し、六連銭《ろくれんせん》の紋を染めだしたる旗を背中に立てた武者一人、鹿《か》毛《げ》の駒に打ちまたがり、

幸「やアやア、それにおらるるは徳川中納言秀忠公と見受けたり、我こそは当上田の城主、真田左衛門佐幸村なり、見参見参」

と槍をひねって進んで来た。いや驚いたのは秀忠、まさかここまで幸村が来ようとは思わなかったのに、幸村と名乗って間近く乗りこんで来たから、これはとばかり周章狼狽《しゅうしょうろうばい》、戦ったものか、逃げ出したものかとまごまごしております。

真田幸村の名を聞いては、徳川勢戦うどころではない、三十六計逃げるにしかずと、逃げることに妙を得ている秀忠は「ソレ逃げろ」と本多、大久保の面々に囲まれてどんどん逃げ出した。

幸「やアやア秀忠、逃げるとは卑怯なり、引返して勝負せよ」

と後を追いかけようとする。あいにく本陣には大勢いない、百人余りの同勢に守られていたのですから、

「それ君の大事、真田を討取れ」

と本陣にいた徳川勢、ふみとどまって、幸村めがけて打ってかかる。ここに真田勢と徳川勢と入り乱れて乱軍となったが、この真田幸村は実は偽者、穴山小助という幸村によく似た十勇士の一人、幸村の鎧兜を着て、幸村と名乗っておしよせたのです。

穴「じゃますするか」

と穴山小助、むらがる徳川勢を突立て突立て秀忠の後を追いかけたが、とうとう大勢に妨げられて、秀忠の姿を見失ってしまいました。

こちらは秀忠、五、六町逃げて来て、もう追いかけて来まいと振返って見ると、いつの間に立てこめたのか、あたりは真白な霧が一ぱいこめていて、一寸先も見えない。

秀「イヤこれはひどい霧だ、オイ酒井、どっちへ行ったらよいのだ」

酒「サアどっちへ行ってよいか、この霧ではわかりませぬ、まっすぐに行って見ましょう」

秀「イヤ、うっかりまっすぐに行けぬぞ、なんでもこの辺に神流川という川がある筈だ。先の見えないのに、まっすぐに行って川の中へでも落ちては大変だ」

とまごまごしているうちに、スーッと霧がはれて来た。

ひょいと見るとそこは神流川の川岸です。びっくりしていると、ポツポツポツポツ雨が降って来た。

「オオあぶないあぶない川の岸だ、おまけに雨が降って来た、いつの間に降って来たろう」

ふと向うを見ると船がつないであって、蓑笠《みのかさ》をきた船頭が立っている。

○「これこれ船頭船頭」

船「へェへェお武士《さむらい》さん、なにか用かね」

○「この川を向うへ渡してくれるか」

船「そうさ、船頭だから、戦をしろといってもできないが、船をこぐことならできるよ」

○「我が君御難義を遊ばすから、早く向うへ渡してくれ」

船「そうかね、それじゃあ乗んなせえ」

そこで秀忠をはじめ五人の家来は船に乗る、船頭は纜《もとづな》を解いた。

船「よいかね、船が出るよ」

といいながら、トンと棹《さお》を岸に突くと船はスーッと川中へ出る。やがて船が川の真中へ来た頃、船頭が船中に立ったまま、なにか口の中で唱えると、ビューッという音とともにひどい風が吹きはじめて来た。

○「ヤア風が風が」

というちに次第次第に風は荒れ狂って来た。船は木の葉のようにゆれはじめた。

○「いやこれはひどい風だ、船頭大丈夫か」

船「こんな風ぐらい恐ろしくって戦ができるか。下手やったところで死んでしまうだけだ、一度死ねば二度とは死なねえ」

○「ばかを申せ、万一我が君の御身のうえに過《あやまち》があったらいかがいたす、勿体《もったい》なくもこの御方様は江戸中納言秀忠公であるぞ」

佐「オオその秀忠と知って乗せたのだ。これッ汝等《なんじら》よっく聞け、われこそは信州上田の城主真田左衛門佐幸村の家来猿飛佐助、汝等の来るのを最前より待ち受けたり、いで尋常に首を渡せ」

と、呼ばわりながら着ていた蓑笠をパッと後へかなぐり捨てると、鎧姿の猿飛佐助、腰の大刀《だいとう》スラリと抜いてハッタとばかり秀忠を睨みつけた。いや驚いたのは秀忠はじめ供の家臣、逃げようにも船の中、殊に風のために船はゆれるし、どうすることもできない。

佐「サア最早騒いでものがれぬところだ、観念をしろ」

と猿飛佐助、大刀を振りかざして近づいて来る、実に秀忠の命は風前の灯火《ともしび》。

こうなると窮鼠《きゅうそ》却《かえ》って猫をかむ、主君の一大事と思うから、酒井、榊原、大久保の三人は死を覚悟していきなり猿飛めがけて組みついた。

佐「エエイじゃまをするなッ」

と払いのけようとしたがこっちも一心、そのうちに大久保治右衛門は、佐助の後よりムンズとばかり組みついた。

大「ヤア酒井榊原、拙者が組みついておるから、早々《はやはや》この者を討ち取り給え」

両人「オオ心得たり」

酒井忠次《さかいただつぐ》、榊原康政《さかきばらやすまさ》の両人、腰の陣太刀《じんたち》、スラリスラリと引抜いて佐助をめがけて切ってかかった。今度はこっちが危くなって来た。

この時又もや一陣の風が吹き来ると見えたが、ドーッと降り来った大雨は車軸を流すよう、一寸先も見えなくなった。

その中《うち》に風もやみ、雨もやんだが、見ると佐助の姿が見えない。

榊「オヤ猿飛はいかがいたした」

大「猿飛はかく申す大久保治右衛門がおさえている」

榊「大久保じょうだんを申すな、貴公のおさえているのは猿飛の着ていた蓑ではないか」

大「エエそうか」

気がついて見ると大久保治右衛門、一生懸命蓑をおさえつけていた。

大「これはこれは」

とあきれている折しも、ドドーンという一発ののろし、天地も破れんばかりに響いた。

さてはと思ううちに、かねて猿飛佐助が、この附近の百姓や船頭達に、金をやって打合せてあったと見え、こののろしを合図に、神流川の川上の堰《せき》を一度に切って落したから、水は渦を巻いて一時にドドドドドーッとおしよせて来た。秀忠の乗った船は、グルグルグルグルこまの様に廻されながら流れて行く。と、川岸の松林の中で、

「ワッハッハハハハ」

という大きな笑い声が響いたが、それは猿飛佐助であった。

両勇士の失敗

水におし流された徳川秀忠は、運よく命は助かってほうほうの態で本陣に引上げたが、さしもの大軍も、真田のためにさんざんな目にあわされ、ようやく軍をまとめて美濃の関原へ乗りこんだ時には、すでに関原の合戦はすんだ後であったから、秀忠はさんざんに、家康から小言をいわれましたが、秀忠は家康の小言よりは、真田のことを考えると身を震わして恐ろしがった。この関原の合戦は、関西方の敗戦となり、石田《いしだ》三成《みつなり》、小西行長《こにしゆきなが》、安《あん》

国寺《こくじ》恵瓊《えけい》は徳川方のために捕われの身となりました。豊臣方の敗軍になったので、真田父子も上田の城を明渡して十勇士の面々を連れて紀州高野山の麓九度山《くどさん》村というところへ隠遁《いんとん》してしまいました。そのうち父の安房守昌幸は、ふとした風邪がもとで枕についていたが、終《つい》に怨《うらみ》を呑んで九度山村で病死をしてしまいました。

　幸村の嘆きはどんなであったろうか、それ以来幸村はボーッとしてただ部屋に引籠って本を読んだり、庭をぶらぶら歩いたりしている。なにかいっても、ぼんやりしていて返事もしないから、家臣達もふしぎに思って、

○「おい猿飛、この頃主君《との》はどうかしているな」

佐「ウムよっぽど変だ、この間の朝、お早うございますといったら、なにかうまい物が食いたいなどといっていた。お父様がなくなったので気がどうかしたのかな」

○「そうかも知れない」

　といったが、決して幸村はどうもしておるのではない、徳川方に油断をさせるために、こうしてばかになった風をして、自分の家来までもあざむいているので、これが幸村の智謀であるとはさすがの十勇士も気がつかないでおりました。

　或夜のこと、幸村の部屋の外に立って、内の様子をうかがっている一人の男、よく見ると、幸村の家来の中でも怪力でそこつ者の大力角兵衛、しばらく様子をうかがっていたが、

やがて戸をソーッとあけて、中へ入って来た。次の間を見ると、寝ていると思いの外、短《たん》檠《けい》（ともしびのこと）の下の、見台《けんだい》の前にきちんと坐って、なにか兵書らしいものを読んでいる。すらりと大刀引抜いた角兵衛、今や次の間へ入ろうとするとこはいかに、ギーッという音がするとともに、角兵衛の立って居た座敷の床が、ぐらぐらと動き始めた。これはと思ううちに、グルリッとその床が廻転して、さしもの角兵衛、縁の下へドシーンと地響き打って落ちこんでしまった。

幸村見かえりもせず、又書見をしている。と又その後から、同じ様に表へ立った武士、それは身の軽いので自慢の猿飛佐助。

「おや戸が開いているぞ、戸締をしないのかな、それとも、誰か入ったのかしら」

様子をうかがっていたが、するりッと内《なか》に入って次の間をソッとのぞいて見ると、幸村は余念なく書見をしている。

「なんだ、今時分まで寝ないで本を読んでいる、だから頭がばかになるのだ、どれ一つ試してくれよう」

と佐助も一刀引抜いて、次の間へ躍りこもうとした時、ギーッという音がすると、クルリッ、ドドドドドッと下へ落ちこんでしまった。

下にいた大力角兵衛、あがろうとしたが暗さは暗し、どうしようもないので、身をもがいている頭のうえに、猿飛佐助が落ちて来たから角兵衛驚いた。

角「これッ誰だ」

佐「おれだ、猿飛だ」

角「なにッ猿か、そそっかしい奴だ、人の頭のうえに落ちて来やアがって、なんだって今時分こんなところへ落ちて来たのだ」

佐「貴様こそ、なんだって今時分そんなところに寝ていたのだ」

角「猫じゃあるまいし、縁の下に寝てる奴があるか」

佐「それでは大掃除をしていたのか」

角「ばかをいえ、夜大掃除をする奴があるか。実はおれも落されたのだ」

佐「貴様もか、主君が本当にばかになったのかと思って、試して見ようと思って、次の間へ飛びこもうとすると、ギーイクルリと来た」

角「フフームおれもそうだ、こういうおとし穴の計略があろうとは心付かなかった。いつの間にこんなものをこしらえたか」

佐「ウム、さすが主君、少しの油断もない。さては今までばかだと思ってみたのは、敵をあざむく計略と見える」

　のん気な奴です、縁の下で話をしている。

するとギーイと床が半分ばかり開かれて、明りがサッと差しこんだ。
幸「これこれ、角兵衛佐助なにをしている」
佐「オオ主君だ……エエちょいと角兵衛と相談をしております」
幸「ばかめ、縁の下で相談する奴があるか、早くあがって来い」
といいながら小さい梯子《はしご》をおろしてくれたから、二人はノソノソあがって来た。元の通り床を直して、隅のところをひょいと押すとピタリと止まる。
幸「さあそこへ坐りなさい」
角「又引ッくり返りはしませぬか」
幸「もう大丈夫じゃ……これ両人、なんで夜中になって、刀などを抜いて人の寝所へまいった、油断のならぬ奴じゃ」
角「はッ誠に恐れ入りました。実は主君には近頃に至って放心の御様子、人がぼんやりしているの、腑《ふ》ぬけのと申します。又中には大ばかなどと申すものもございます」
幸「誰が私《わし》のことを大ばかと申している」
角「エエ手前でございます」
幸「自分で名乗る奴があるか。それで私のばかかどうかを試したと申すのか」
角「さようにございます」

幸「そうかそれはもっともだ、家来として主を思うからいたしたこと、決して咎《とが》めはいたさぬ」
角「恐れ入りました」
幸「けれども幸村は、決して心からばかになっておらぬつもりじゃ、これも計略の一つ、心配をいたすな」
角「恐れ入りました、これで安心いたしました」
幸「しかし心配になったら、いつでも首を取りに来なさい、縁の下へ投《ほう》りこんでつかわすから」
角「いえもうそれには及びませぬ」
二人はなんの言葉も出ない、ただ恐れ入っているばかりであった。

■ 意外な使者

時は進んだ、関東関西の交渉も切迫して豊臣家と徳川家とが戦をまじえるのは、ただ時間の問題になって来た。時に京都二条にいる徳川家康の許から使者として、この幸村が閑居をしている九度山の住いへ訪ねて来たのは、幸村には叔父にあたる真田《さなだ》隠岐守《おきのかみ》信尹《のぶただ》という人であった。隠岐守は安房守昌幸や、左衛門佐幸村とは違って、はじめから家康に仕えていて、今日まで幸村とは敵味方になって来たのであった。その隠岐守が突然九度山へ訪ねて来たのであるから、幸村の家来はにわかに色めいた。

○「さてこそ家康の狸爺《たぬきおやじ》め、親族の縁合《えんあい》をたよりに、主君《との》を味方につけようとて、さそいにまいったか、憎い奴め」

△「しかし主君はなんと家康より申して来ようとも、徳川方へ味方につくような御方ではござるまい」

○「まずそうだ、豊臣家の御恩を深く思召す主君、今更徳川よりいかに手厚くもてなしてまいろうとも、味方につくものではないぞ」

△「そうだ、隠岐守め、結局は苦い顔をして恥かいて帰るであろう」

と一同の家来は一つ座敷に集って、噂をしている。

座敷には隠岐守を上座に、前に左衛門佐幸村、傍《かたわ》らに一子大助幸昌《ゆきまさ》がひかえている、隠岐守は席を進めて、

隠「幸村殿、この度隠岐守まいったは、私事でない。実は大御所家康公の台命《たいめい》を奉じてま

いったものでござる。関東関西お手切れも間近きこと、そのことについては手前が申すまでもなく御身もよく存じているであろうが御身は豊臣家、徳川家、いずれへ御味方をする御存念か、それがし、しかと承りたい。もとより豊臣家に御恩のある御身等、これまでとても豊臣家のために尽して来られたが、主人家康殿の思召すところは御身のこと、家康殿には御身の智謀軍略をいたく惜しまれて、何卒《なにとぞ》して徳川方に迎えて厚く用い、徳川の天下泰平を謳《うた》いたいとの思召。それは慶長の五年、関原の戦いの折、敵となった御身の助命をされたことを見てもわかること。もし幸村殿御味方下さらば厚く迎えて、この度の戦争、勝利ともならば、信州上田城を与え、徳川家の軍師として厚くもてなそうとの思召、それこれを思い、ぜひ徳川家にお味方を願いたく、親戚の間柄、特に選ばれて隠岐守使者としてまいった。何卒徳川家に味方が願いたいが、いかがでござろう」

だまって聞いていた幸村、隠岐守の言葉の終るのを待って、

幸「イヤ有難きそのお言葉、家康殿がそれほどまでにこの幸村を思召し下さるとのことならば、お味方をいたしたい心は山々でござるが、しかし今が今確答はいたしかねます、一考の上改めて当方より御返答を仕《つかまつ》る。しばらく御猶予を願いたく……」

隠「それはごもっとものこと、しからばそのことを主人に申上げ、御返答をお待ち申す」

幸「何分家康殿によろしくおとりなしを……」

隠「承知いたした」
それから二、三話をして、隠岐守は別れを告げて九度山の閑居を出た。
次の間で聞いていた真田の家来達。
〇「オイ聞いたか」
△「聞いた」
〇「主君には徳川へ味方をするお心だぞ」
△「ウーム、けしからぬ、御意見申上げよう」
〇「オオッ、いおうとも」
ガラッと襖《ふすま》をあけて、ドカドカッと一同色をなして入って来た。
大仁「主君ッ」
幸「なんじゃ、大勢揃って騒がしい」
大「騒がしいことを承知でまいりました。ただ今徳川の御使者とのお話、失礼とは存じましたが、心にかかるまま次の間で聞いておりました。主君には家康に御随身の御心でござるか」
幸「……」
幸村は無言。

大「ただ今隠岐守殿へのお言葉、主君には慾に目がくらんで、徳川に味方をするお心でござるか。それならそうと、はっきりおっしゃっていただきたい、吾々には覚悟がござる」
幸「……」
それでも幸村は無言。
大「徳川に味方をする気があればこそ、言葉をにごして使者を帰された、まこと味方せぬ心なら、はっきりと隠岐守殿の眼前でお断りあるべき筈《はず》、主君には貧乏にあきが来て、心変りがせられたかッ」
火をはくような大仁坊。
小「コレ待て待て、さように大きな声をするな」
と大勢を制して穴山小助はズイと前へ出た。
小「主君、皆の申すことも決して悪うは聞けませぬぞ、だまっておいでにならず、なんとかお心の中、われわれどもに安心のためお聞かせ下さい……だまっておられるところを見ると、やはりそのお心か。お情ない……しからば主君に願います、その二条におる家康への使者、この穴山小助に仰せつけ下さい」
熊「イヤ小助待て、その使はこの荒川熊蔵《あらかわくまぞう》に願いたい、拙者がまいって、きびきびとことわったうえ、あわよくば家康めのしらが首引き抜いてくれる」

大「イヤ荒川待てっ、貴様はやらぬぞ、その使者はおれが行く」
熊「なんだ大仁坊、貴様は坊主だ、坊主などは仏前で経でもよんでおればいいのだ」
大「だまれッ、経をよむような坊主とは、坊主が違うのだ」
互いに争うさわがしさ。この時両眼を開いた幸村、
幸「方々しずまれ」
大「ハッ」
幸「誰も二条へつかわすことはならぬ」
小「なに、なりませぬとな、して二条へは誰をおつかわしになるお考でござる」
幸「倅《せがれ》大助をつかわす考《かんがえ》じゃ」
小「エエッ大助殿を……失礼ながら大助殿は未だ若年……」
幸「若年でもよい、幸村は考あってつかわすのじゃ、その方どものくちばしをいれるところでない、さがれ、さがれ、さがれと申すに、ざわざわとやかましい」
叱りつけられて、一同かえす言葉もなく、頬をふくらせて次へさがった。
大「オイ、もうだめだ。大助殿を二条へやるようでは、主君は徳川に随身の覚悟じゃ」
熊「おおそうだ」
穴山小助はジッと考えていたが、

小「コレ一同、ここでは話ができぬ、あっちへ来い」
○「おお行くとも行くとも」
一同は穴山小助の後について裏の松山に集った。ここで一同額を集めて相談をはじめた。

× × ×

幸村は大助を側近く呼んで、
幸「大助、二条への使者、その方に申しつける。この父が申すまでもない、家来どもはあのように騒いでおる、その中で特にその方をつかわすのじゃ、この父の心はよくその方にわかっておるであろうな」
大「はい、有難う存じます。数ある人の中に手前にこの大切な役目を、よく仰せつけ下さいました父上のお心は、大助よくお察しいたしております」
幸「笑わるるようなことをするな」
大「はい、大助は男にございます」
幸「おおその一言、幸村安心をいたした。行け」
大「ハハッ」
それから数日たって大助幸昌は、ただ二人の下僕を供につれて、草鞋《わらじ》のひもかたく九度山の閑居を出た。

村はずれの杉の並木にかかった時、バラバラッと木立の間からあらわれた二人の荒武者、

○「待てッ」

大喝一声大助の前に立ちふさがった。

大「何者だッ」

大助は馬の進みを止めてきっと見おろした。

二人の荒武者は駒ケ岳大仁坊と荒川熊蔵であった。

大「荒川に大仁坊ではないか」

熊「されば、若殿お待ちあれ」

大「なんで止める」

熊「貴下《あなた》はお父上様のおいいつけで、二条へおいでになるのでござろうな」

大「そうじゃ。それがいかがいたした」

熊「その使、やることは相成りませぬ」

大「父上の仰せを受けて参る大切の使、なんでならぬ」

熊「たとえお父上の御命令でも相成りませぬ、たっておいでになろうというなら、この荒川熊蔵」

大仁「駒ケ岳の大仁坊が引ッ捕えてもおとどめ申す」

大助「だまれッ、無礼を申すな」
大仁「イヤ無礼でもなんでも引きとめ申す、それ荒川」
熊「心得たッ」
と二人は馬の側へ寄って、大助の袴《はかま》をおさえようとした時に、
大助「無礼をするなッ」
と大喝した。その声はあたりの木々にこだましてビリビリッとひびく。
大助「この真田大助をなんと心得る、今日関東関西の手切《てぎれ》となり風雲急なるの時、この大助はただ私の大助でないぞ。豊臣家の運命を双肩にになって、一命は天下のために捨つるつもりじゃ、汝等の知ったことでない、じゃまいたすと許さぬぞ、さがれッ」
二人「ハハッ」
凛《りん》とした声に思わず二人はその威に打たれて後へさがった。その間に大助は駒の頭を立直し、パッパッパッパッパッと歩みを早めて行きすぎる。二人の下僕はかぶっていた笠の中から二人を見返ってクスクスと笑った。
熊「なんだ、下郎のくせに、なにを笑うのだ」
下「誠にお気の毒さま、さようなら、行ってまいります」
熊「勝手にしろ」

下僕二人はおくれじと大助の後を追って行く。熊蔵、大仁坊の二人はあっけに取られて、追いかける勇気もなく、ただその後を見送っていた。

三　敵をあざむく計略

それ等のことを知らぬ気に左衛門佐幸村、一室の中でしきりに軍書に目をさらしている。そこへ穴山小助、海野六郎《うんのろくろう》、三好清海入道らが先立で、真田の家来でも勇名をうたわれている人々が、ぞろぞろとそろって入って来た。

ジロリと見たが幸村は、驚いた様子もなく、又軍書に目をさらしている。

小「主君《との》に申しあげます。暫らく御書見をお止《とど》まり願います」

幸村ははじめて静かに書を伏せてむきなおった。

幸「なんじゃ」

小「かく大勢揃ってまいりましたのは、ぜひ主君に申しあげたいことがございまして……」

幸「ウム、なにごとじゃ」

小「何卒吾々一同にお暇《いとま》を頂戴いたしとう存じます」

幸「ナニ暇をくれ……それはつかわしてもよいが、なに故に急に暇をくれと申すのか。長らくの浪人、この幸村についておっては栄耀《えよう》栄華ができぬというので暇をくれと申すのか」

小「主君、吾々はさように浮薄《ふはく》なものではございませぬぞ。主従は三世とやら、どこまでも主君のため、国のために尽したいと考えております吾々、草を食い、土を食っても豊臣家のため、主君のためなら、いとわぬ考でございます」

幸「それではなんで暇をくれと申す」

小「先日も申しあげました通り、徳川方より真田隠岐守殿の使、その応答として大助殿を二条へおつかわしになりました。そのへんより考えまして、主君には徳川家に御随身の御考と存じます。……あまりと申せば、主君の御心がげせませぬ。先君安房守殿以来、豊臣家の御高恩は、よもお忘れにはなりますまい。しかるに今となってその恩義をすて、徳川家の迎えに応じ、御随身なされるとは御情なき御心、しかしそれも時と時節、さよう遊ばすのも主君の御随意でござるが徳川家へ御随身遊ばすなら、吾々どもは主君の御側におることを好みませせぬ。よって御暇を頂戴いたしたいと存じます」

幸「ウム、暇を取ってどうする考じゃ」
小「申すまでもございませぬ。これより京都二条へまかりこし、主君の御随身には、吾々一同不服の旨を告げ知らせ、あわよくば家康の首を打取る心底にございます」
六「海野六郎申しあげます。それはいよいよのこと、それよりはまず主君には徳川家に御随身をおとどまり遊ばすよう、御意見申しあげます」
清「三好清海申しあげます、ただ今海野より申しあげました通り、何卒徳川への御随身おとどまり遊ばすよう偏《ひとえ》にお願い申しあげます」
一同「吾々一同御願い申しあげます」
肩肱《かたひじ》張って前に進んで一同は、返答いかにと幸村の顔を見る。その一同の顔をジッと見ていた幸村が、
幸「御身等にはそれほどにこの幸村がばかに見えるか」
小「ハッ……」
幸「いやさ、幸村は家康に随身するほど愚者に見えるか、安心をいたせ、これも計略じゃ」
小「エエッ、計略とは……」
幸「長らくこの幸村の手許におって、そのくらいのことがわからぬか。家康よりの使、叔

父隠岐守をつかわしたは、一つは叔父甥の恩愛の絆《きずな》にほだされて、この幸村に随身させようの心じゃ。それを即座にしりぞけもせず、快く使を帰したも、この幸村に深き考あってのこと、しかし家康ほどのもの、その実この幸村が随身いたすとは思いもいたすまい、又さような油断もいたさぬ、断りの使者がまいるということはよく知りぬいておろう。その使は必ず汝等勇士の中、力あくまで強く、武勇勝れたるものをつかわし、あわよくば家康の首討《くびうち》取らん下心ということは、家康もとくに察している。その折から御身等の申す如く、武勇、力量勝れた者をつかわす時は、油断なき家康、いかなることをしでかそうも知れぬ。これ、事の破れ、よって若年の大助をつかわせばこの幸村随身の心あってただ一人の倅をつかわしたものであろうと、油断をいたすは必定、その油断を計って家康の首、ただ一打に討取らん計略じゃ」

小「ハハッ……」

幸「しかし天下の諸侯、旗本ども、いずれおとらぬ英雄豪傑居ならぶ中へ、若年の大助ただ一人、恐らくはことを仕損じ捕われの身となるか、その場に命を落すは必然、それを知って大助は、死を覚悟してただ一人でまいったのじゃ」

小「ハハッ」

幸「又この幸村も一人の倅をみすみす敵中へ殺すつもりでつかわしたのじゃ、これも皆豊臣家のためと思えば、決して悔むことはない、一同も決して心得違いをいたすなよ」

一同「へへーッ……」

はじめて明かす幸村の心底、これを聞くと、肩肱を張っていた豪傑連も、思わずそれへ平伏をした。中にも三好清海入道などは、感きわまってワーッと声をあげて泣き出した。

清「さようなお心とは知らず、今までおうらみ申したは吾々どもの誤り、どうか、偏《ひとえ》にお許しを願いとう存じます」

落つる涙を袖でふきふき幾度もあやまった。

二　二人の従僕

その時後の方で筧十蔵《かけいじゅうぞう》が、
十「アッしまった、穴山殿」
小「なんだ」
十「荒川と大仁坊はどうしたろう」

小「アッ今まで気がつかずにいた、大変だ、早く誰か追いかけて行ってとめて来い」
十「今から行っても間にあうまい」
　海野六郎と筧十蔵立とうとすると、
幸「ああこれこれ両人待て、どこへまいる、穴山なにごとじゃ」
小「はッ、恐れ入りましてございます。そういう御心とは露知らず、大助殿を引きとどめ、もし御聞入なき時は、引っかついでもいずれかへ連れまいり、二条へまいらぬようにいたし、その間に吾々ども御暇をいただき、京都へまいる覚悟で、その引きとめに荒川熊蔵、駒ケ岳大仁坊がまいりました。大助殿のお身のうえに万一のことがございましては一大事、それ故……」
幸「ああ待て待て、その心配には及ばぬ、大助のことゆえ、むざむざ引きとめられ、手ごめにあうようなことはあるまい。さような大助ではこの大役は勤まらぬ」
小「ハハハッ」
幸「万一手ごめにあうようなことがあっても、二人の供がおるから大丈夫じゃ」
小「ハッ、二人の供とは……」
幸「猿飛に霧隠じゃ」
小「エエッ、それでは猿飛と霧隠がお供についてまいったのでございますか」

幸「それも表向いては面倒ゆえ、下僕に姿を変えてついてまいった、彼等二人がついていれば、なにごとがあっても大丈夫じゃ」

小「ヘエー、道理で猿飛と霧隠の姿が見えないから、不審に思っておりましたが、いつの間に御供をしてまいったのでございましょう」

幸「それもやはり私が申しつけたのじゃ、その方どもは気がつかなかったか」

小「少しも存じませんでした」

幸「さようなことでは、敵をあざむくことはできぬぞ」

小「ヘエー恐れ入れました……オイオイ一同、貴公達、猿飛や霧隠が大助殿の御供をして行ったのを知っているか」

六「イヤ知らない」

小「入道、貴公知っているか」

清「いや知らぬ、今聞いたのがはじめてだ」

小「そのようなことで敵はあざむけぬぞ」

清「大将のまねをするな」

　ところへ荒川熊蔵と駒ケ岳大仁坊が、すごすごつまらなそうな顔をして帰って来た。

小「オイオイ大仁坊、熊蔵、こっちだこっちだ」

熊「アア一同そこにいたか……」

小「イヨオ二人どうした。貴様達のことだから、若殿を引きとめて、どこかへ引っかついで行ってしばりつけておいたろうな」

熊「いやそれがそうゆかない、見事に失敗してしまった」

小「失敗……それで安心した」

熊「なにッ」

小「なアにこっちのことだがな、どうして失敗した。貴様出て行く時になんといった、吾々両人が行けば、大助殿などは、二本の指でちょっとつまんで、ぶらさげて帰るといったではないか」

熊「いやそう思ったのだがな、今日はどうしたのか指が痛くって」

小「嘘をつけ、大助殿は、貴様達二人を叱りつけてドンドン馬を早めておいでになったろう」

熊「よく知っているな、その通りだ。どうも驚いたよ、引きとめようとしたら、この大助幸昌は私一人の体でない、豊臣家の運命を双肩にない、一命は天下のために捨てるのじゃ、汝等の知ったことでない、じゃまいたすと許さぬぞ、さがれといわれた。その勢の恐しかったこと、思わずおれ達もハッといってさがるうちにドンドン馬を早めて行ってしまった」
小「ウムそうか、ああ恐れ入ったものだ。それに引きかえて、手出しもできずに後へさがった貴様達はばかな奴だ、なんだって大助殿を引きとめに行った」
熊「なに、なんだということがあるか、一同で相談のうえで行ったのではないか」
小「大助殿は徳川家随身のための使に行ったのではないぞ、実はこうこうで死を覚悟でまいられたのだ、主君《との》も又ただ一人の御子様を死なすつもりでおつかわしになったのだ、それになんぞや、先へまわって引きとめる奴があるか、ばかだな」
熊「どうせばかだよ……けれどもそういう大将のお心であったのか、そうとは知らないで、とんだことをした」
小「それ見ろ、第一貴様達が大助殿を手ごめにしようとしても、そばに二人の下僕がついていたろう、あれがなかなか承知をしないぞ」
熊「ウム二人の下僕がついていたが、あんな下僕など恐れるに足らぬ」
小「なに、いくら貴様達二人が大力でも、あの二人にはひどい目に逢うぞ」
熊「彼奴《あいつ》がそんなに強いのか」
小「あれは猿飛に霧隠だ」
熊「なに猿飛に霧隠……そうか、少しも気がつかなかった。道理でおれ達があっけに取られて大助殿の後を見送っていたら、クスクス笑いながら、まことにお気の毒様、さようなら、行ってまいります、といって行きやアがった」
小「それ見ろ、そのくらいのことがわからないでどうする、そんなことでは敵はあざむけぬぞ」
熊「なにをいやアがる、貴様達だって知らなかったのだろう」
小「ウム、実は今大将にそれをいわれて、閉口したところだ」
左衛門佐幸村ニッコリ笑って、
幸「ああこれこれ熊蔵、大仁坊」
熊「ヘヘッ……」
幸「引きとめの役大儀であったな」
熊「ウヘーッ、恐れ入りました、どうか御かんべんを願いとう存じます」
幸「しかし平素一しょにいる熊蔵や大仁坊に、あの二人が猿飛に霧隠だということがわからないようなら、彼等二人も申しつけたことを首尾よくしおおせるであろう」
熊「ヘエ――、なにかお申しつけになりましたか」
幸「それは今いうべきでない、今にわかるであろう」
いつの間に幸村が猿飛、霧隠両人を大助の供につけたのか、それに又どういう計略を申しつけたのか少しも知らなかった。恐ろしいのは御主君だと、一同の家来もさすがに幸村の才智には舌を巻いて驚いている。

前髪立の少年使者

大助幸昌は途中も無事に京都二条へ着いた。二条の城門にさしかかって、
大「開門ーン開門ーン」
と大声にどなった。門番が驚いて見ると、まだ十五、六の若い武士が月毛《つきげ》の駒にまたがって、二人の供を連れて立っている。
門番「これこれ何者だ」
大「紀州九度山にまかりある真田左衛門佐幸村の一子大助幸昌と申すもの、父幸村の使者としてまいった、よろしく御取次ぎ下さるべし」
声さわやかに述べたてた。門番が驚いた、かねて幸村から使者が来るから取次げということは重役からいいつかっているから、定めし真田の家来の中でも大力無双、武勇絶倫、

鬼を手づかみにするような男が五、六人、二、三十人の家来を連れて乗りこんで来るだろうと思っていたところ、まだ前髪立の十五、六の色の白い少年がただ一人、後には下郎らしい供がたった二人ついているだけだから、なーンだといったような顔。

門番「これは真田殿の御使者か、御供はそれだけでござるか」

大「さよう、二人きりでござる」

門番「それではここをお入りになって、玄関へかかり御案内をお頼みになったらよろしかろう」

門番はけいべつして取次もしない。この二人の供が、恐しい猿飛佐助、霧隠才蔵だとは気がつかない、たやすく城門を入って玄関にかかる。

大「紀州九度山真田左衛門佐幸村の一子大助幸昌、父の使者としてまかり越したり、御取次下さるべし」

と申し込んだ。取次の役人から、重役に取次ぐ、重役の本多佐渡守正信が家康の前に出て、

佐「真田幸村の使者まかり越してござります」

家康は、幸村からなんといって来るかと待ちかねていたところであるから、

家「オオまいったか、何者がまいった、幸村の家来には、穴山小助、海野六郎、三好清海

入道、筧十蔵など申す才智勝れしものがいる。又大力角兵衛、駒ケ岳大仁坊、荒川熊蔵などいう鬼にひとしき、大力無双の豪傑がいる、恐らくそれ等の中から三、四人まいったであろうな、何者がまいったかな」
佐「幸村の一子大助幸昌と申す、十五、六歳の前髪立の若武者ただ一人でございます」
家「ナニ幸村の倅大助がただ一人……」
　家康考えていたが、
家「これへ通せ」
佐「仰せにはございますが、一応吾々に於て応対のうえ、御目通り仰せつけられるが、然るべきかと存じまする」
家「イヤ苦しゅうない、使者としてまいったのは十五、六の少年の大助、なんの恐るることはない」
佐「たとえ少年なりとも、恐るべきは真田幸村、いかなる事をいたそうもはかられませぬ、御油断あって万一の事が……」
家「アハハハハ、その心配には及ばぬ、恐らくは幸村随身の使者であろう。苦しゅうない、大助をこれへ呼べ」
　豪傑の二、三人も使によこしたら油断ができないが、自分の倅をただ一人よこすところを見れば、幸村も叔父隠岐守の勧めに従って、随身するものと見えると幸村の計略通り、家康はスッカリ油断をしきっているから、佐渡守の諌《いさめ》もきき入れない。佐渡守もたってともいいかねて、大助を家康の前に案内することになった。

家康の左右には大久保彦左衛門《おおくぼひこざえもん》、井伊、本多、酒井、榊原の四天王をはじめ諸大名、旗本にいたるまでズーッと星の如くに列んで、真田幸村の一子大助幸昌とはいかなるものかと鳴をしずめて待ちかまえている。やがて大助幸昌は衣類を改め、六連銭の紋ついたる肩《かた》衣《ぎぬ》をつけ、長袴《ながばかま》をはき、その所へ現れた。大名小名、旗本等がいかめしく列座している様子を見れば、普通の者なら、身震いをして足もすくんで進みかねるのだが、大胆不敵の大助、恐るる気色もなく、静かにそれへ来って控える。先に進んだ本多上野介《ほんだこうずけのすけ》が、

上「恐れながら申上げまする、紀州九度山より真田左衛門佐幸村の一子大助幸昌、使者として御目通りに控えましてございます」

と披露をする。

家康遥かに見ると物やさしい色の白い少年であるから、ますます油断をして、

家「大助幸昌であるか、遠路使大儀である、予が家康であるぞ」

大「ハハッ恐れ入り奉りまする、手前真田左衛門佐幸村の一子大助幸昌めにござりまする」

家「ウム、して父幸村の使とあれば、先日隠岐守より申入れし儀についての返答であろうの」

大「仰せの通りにございます」

家「いかなる返事じゃ、それにて申せ」

大「ハッ仰せにはござりますが、その御返事もあり、なお父幸村よりの申しつけ、内々申上げたき儀もござりますれば、何卒御人払いのほどを願いまする」

あたりに、大勢いてはじゃまだから、人を払ってただ一刺《ひとさし》に突こうという大助の考。

家「イヤイヤ大助、ここにいるものは皆この家康の腹心のものばかりじゃ、内々の事とはどういう事か知らぬが、人払いをするには及ばぬ、遠慮なく話をいたせ」

大「ハッ、しからば御側近くまいることをお許し下さるよう」

家「オオそれは苦しゅうない、近う進め」

大「ハハッ……」

ズイと立ち上って大助は、長袴を後へさばいて、つッ、つッ、つッ、つつつつつッと前へ進んで行く。その様子を見て、

○「ヤア大助、無礼であろう、近う寄るにも程こそあれ、それに控えろ」

△「控えろ、控えろ控えろッ」

と人々声をかけるのを耳にもかけず、家康の側近くへ進んだかと思うと大助幸昌、素早く肩衣をはねると、懐に隠し持ったる小刀、柄をつかんでギラリと抜き、

大「家康覚悟」

と叫びながら家康のぞんで切ってかかった。家康はハッとばかりに驚いて、

家「狼藉者《ろうぜきもの》」

と叫んで逃げようとする、大助逃がすまいと追いかける。

「ヤア狼藉者、ソレ取押えろ」

と人々一度に立ち上がる、中に家康の側近く控えていた旗本たち七、八人、バラバラッと飛んで来て左右から大助に組みついた。けれども、大力無双の大助、ものともせず、

大「エエイ、じゃまするなッ」

と短刀を振りまわした、それに刺されて忽ち三、四人、血に染んで倒れた。

血のしたたる短刀を逆手に取った大助は、尚も家康を討とうと進み寄った、この時ズカズカッとそれへ来たのは本多出雲守忠朝《ほんだいずものかみただとも》。この人五十人力もあるという怪力、いきなりまごついている家康を両手に抱えたかと思うと、奥の座敷を目がけてドーンと投げた。勢あまって家康の体は、ヒューッと風を切って飛んで行って、向うの柱へ頭をゴツーン――

家「アーッ……」

出雲守のために投げられたので、大助には斬られないですんだが、柱にあたってできたこぶの痛さ……

大助は無念の形相物凄く、

大「おのれ家康、逃すものかッ」

尚も後を追おうとするところへ近寄った本多出雲守、ムンズとばかり大助の後から組みついた。

二 家康の遠謀

大助少しも驚く色もなく、尚も追いすがろうとしたが、この本多出雲守という人が無双の大力、慶長五年の関原の戦の時にお父さんの本多《ほんだ》中務大輔《なかつかさたいふ》忠勝《ただかつ》が、石田の同勢に取りかこまれて、あわや危く見えたところへ、出雲守が乗込んで来てお父さんの乗ってる馬の下へもぐり込んで、お父さんの馬と一しょに肩にかついで、ドンドン本陣へ引き揚げて来て、ドッコイショとおろし、出「お父さん、ここで休んでいらっしゃい、私が石田の同勢を破ってまいります」

といって、戦場へ引き返して行った。そして石田の同勢をさんざんに打ち破ったというくらいの豪傑。

大助も大力だが出雲守にはかなわなかった。後から抱きしめられたまま、ジリリッ、ジリリッと後へ下がって行く、大助もモウ仕方がないと思った。

大「はなせッ、はなさぬか」

といいながら、逆手に持った短刀で、後なぐりに突いた。その短刀が出雲守の肱《ひじ》へグサッと来たからたまらない。出雲守思わず手を放した。そのあいだに大助幸昌なおも追い進もうとしたが、モウ家康の姿は遥か向うを逃げて行く。今はこれまでと大助、
大「エイッ」

という声諸共、持ったる短刀を家康目がけて投げつけた。ビューッと風を切って飛んで行ったが狙いははずれて短刀は向うの柱にグサと刺さった。

大「無念ッ、逃がしたか」

なおも家康の後を追おうとするところへ、肱の痛手に屈せず、飛込んで来た出雲守、再び後からムンズと組みついた。行こう、やるまいと、しばらくもみあっていたが、大助は先刻《さっき》からの働きで疲れが出ているから、ついに出雲守のためにその場へ組み伏せられてし

まった。

大「無念、残念」

と身をもんでいるうちに大勢寄ってたかって、十重《とえ》二十重《はたえ》に荒縄で縛りあげ、城内裏手の牢の内へ投げこんでしまった。

本多佐渡守からこの事を家康に告げると、家康は身ぶるいをして、
家「イヤ恐るべきは真田幸村である、まさか我が子に申しつけてこの家康の首を狙うとは思わなかった……しかし大助という奴少年ながらただ一人にて乗りこみ、家康を討とうとは、敵ながら感ずべき奴。それについてもこの家康、幾度かの戦場へ出で、槍薙刀《なぎなた》、陣刀の閃《ひら》めきを見たことも度々であるが、決して恐しいと思ったことがない、しかるに今大助が懐中に隠し持ったる短刀を引き抜いた、その刃の光を見た時、なんとなく身の毛がよだち、恐しさを覚えた、いかなる名作であるか、あの短刀を持ってまいれ」

すぐに柱に突立っている大助の短刀を引き抜いて調べると、これが村正《むらまさ》の悪剣であった。因縁というのであろうか、徳川の家には村正の刀が妙にたたる。村正の刀のために命を失っているものが徳川家には沢山ある、これを見て家康は震えあがった。

家「幸村はますます恐るべき奴である、用いる短刀が村正とはよく行届いたものである、家康幸運なればこそ危きをのがれたが、しかしこの刀をのがれるようなら、天下は徳川の

ものじゃ」

といってニッコリ笑った。

大助の供をして来た二人の者を召取れと、佐渡守の指図に徳川の家来大勢、おっ取刀《とりがたな》で供待ちへ来たが、早くも二人の供の姿は見えなかった。

そこで本多佐渡守、本多上野介、井伊直孝《いいなおたか》、榊原康政、酒井忠次、大久保彦左衛門などいう重《おも》なる家来が家康の前に集って大助の処置について相談を始めた。

佐「大助はいかが仕《つかまつ》りましょうや、君の思召を承わりとう存じます」

と佐渡守が聞いた。

家「大助は牢より引き出し、すぐに紀州九度山へ帰してつかわせ」

佐「これは以てのほかのことを承ります、君を刺そうといたしたにっくき曲者、このまま紀州へお帰し遊ばすとは如何《いか》なること……」

家「イヤこの家康を殺そうといたした罪はにくいが、あくまで、豊臣家の恩をかえりみ、父の命を奉じ、若年ながら一身をなげうって家康を討とうとしたその志、あっぱれ忠孝二つながら全き者、かかる忠孝厚き者を殺すに忍びぬ、速かに命を助けて幸村の許へ帰してつかわせ」

この時大久保彦左衛門席を進め、

彦「これは異なことを承わるものかな、君の御仁心は誠に恐れ入ったることながら、一旦君の御首《みしるし》を狙いし曲者、このまま紀州へ帰すは、これ宋襄《そうじょう》の仁（よけいななさけ）と申すもの」
家「それでは彦左には、大助の首討てと申すのか」
彦「イヤ首討てとは申しませぬ、このまま大助を当城へ人質として差しおくがなによりかと存じます。されば、明日にもあれ、関東関西お手切となり、戦争ともならば、必ず幸村は大阪へ味方いたすでござりましょう。敵として恐るべきは幸村ただ一人、その幸村も我が子大助が、当城に人質としてありと聞かば、自然、我が子のうえを思い、向う刃も鈍るかと存じます。その間に事をかまえ、人を以て大助助命の儀申伝えたならば、かえって我が子の愛に心引かれ、御当城へお味方いたそうも計られませぬ」
家「アハハハ、彦左、そちは耄碌《もうろく》をいたしたな」
彦「ナニ……耄碌……なんでこの彦左を耄碌とおっしゃいます、かく申す彦左衛門、平助《へいすけ》の昔、十六歳の初陣に、鳶《とび》の巣文殊山《もんじゅやま》の戦で敵の大将和田兵部《わだひょうぶ》……」
家「コレコレ彦左、その事は毎度聞いて知っている」
彦「御存じならばよろしゅうございますが、それほどの彦左衛門を耄碌とは何事……」
家「しからばいって聞かせる、幸村には英雄豪傑、戦場往来をいたした家来があまたある、その中に当年十六歳の小冠者《こかんじゃ》をただ一人当城へつかわしたのは、もとより我が子の命は亡きものと初めから、覚悟じゃ。それほどの幸村、たとえ当城に大助を人質にいたせばとて、それに心引かるるものと思うか、そのくらいのことがわからぬから耄碌と申したのじゃ。それよりは今情をほどこしてこのまま命を助けて帰せば、幸村その情に心乱れ、味方いたさぬまでも、幸村の鋭気をくじくこと、火を見るよりも明かである、よって、助命いたしつかわすのじゃ」

なるほど考えて見ると家康のいうことの方が大きい。人質にしておけば、かえって幸村が怒るが、大助の命を助けてやれば、それがために幸村の心がにぶる、人情のしからしめるところ、そこで大助の命は助けて、紀州九度山へ帰すということに一決した。

家「しかし彼も捕われの身となったものである。昼間当城を出ることは、武士を恥かしむるものである、夜、人目にかからぬよう、当城ひそかに立たせるがよい」

彦「ハハッ、厚き御仁心、ただただ恐れ入ってございます」

一同の家来は家康の仁心に感泣するものもあったが、これはなにも家康が情深いわけではない、全くこうして恐しいと思う幸村の心をいくらでもにぶらせることが、味方に取って利益であると考えたからであった。

二　首のおあずけ

一天かき曇って今にも降り出しそうな空模様、大助の投げこまれている牢の側近く忍びよった二人の曲者、それは猿飛佐助と霧隠才蔵の二人であった。供待ちに控えて、大助の様子いかにと窺っているうちに、大助が家康を打ち損じて、捕われたと聞いて、

佐「才蔵」

才「佐助、この上はかねて主君《との》よりの仰せつけ通り、我等二人で家康の首——」

佐「オオ、もとよりだ、だが、まず若殿を先にお助け申さねばなるまい」

才「オオ、今夜の中にお助け申そう」

こうした会話がかわされて二人は牢近く忍んで来たのであった。二人はピタピタと牢の側へ近よった。四、五人の牢番は、昼の疲れか、樽を投げ出したようにゴロゴロころがって眠っている。佐助が牢の錠に手をかけようとした時、人のこちらへ来る足音がする、二人は驚いて早くも牢の後の木かげへ身をかくした。

やがて三人の家来を先に立ててそれへ来たのは、大久保彦左衛門であった。後からついて来た家来が、
○「コレ牢番、牢番……」
番「ウ、ウーム、イヤもう食えないよ」
○「申上げます、牢番が寝ておって、なにか食べ物の夢でも見ているものと見えます」
彦「けしからぬ奴だ、起せ起せ」
○「コレ起きろ」
ピシーリなぐった。
番「アッ痛い、食えないというのになぐる奴があるか」
○「まだ寝言をいっている、寝心のわるい奴だ、コレ大久保様の御出張《おでばり》だ、起きろ」
番「ヘエ……」
初めて我にかえった牢番が大あわて。
彦「コレコレ牢番、番人が寝ている奴があるか」
番「どうも恐れ入ります、今晩は」
彦「何が今晩はだ……早く戸前をあけろ」
番「ヘエ」

彦「牢の戸をあけろというのだ」
番「ヘエ、大久保様がおはいりになるので」
彦「ばかをいえ、誰がわざわざ牢へはいる奴があるか、早くあけろ」
番「ヘエ……」
　ピーン、ガラガラガラッ、牢の格子をあけた、彦左衛門は前へ進んで、
彦「中におられる真田大助、これへ出られよ」
　眠りもやらず、父の事、行末の事を考えて、無念の涙に暮れていた大助幸昌、出ろといわれて、暗い中から格子の口へ出て来た。
大「大助に出ろというのは何者だ」
彦「徳川の臣大久保彦左衛門忠教《ただのり》だ」
大「オオ彦左衛門という出しゃばり爺がいるということを聞いていたが、貴様か」
彦「ナニッ、出しゃばり爺とはなんだ、こまッちゃくれた小僧だ」
大「なんだ、その彦左衛門が何か用か」
彦「彦左衛門の用ではない、我が君家康公の仰せによってまいったのだ、家康公の御首《みしるし》を狙いしにっくい奴、全体なら打首にでもするのであるが、御仁心深い家康公はその方の孝心忠義にめでて、命は助けて取らせよという御諚《ごじょう》だ、よって今夜城内を出て、紀州九度山

へ帰れ」
大「ナニこの大助の命を助けるというのか」
彦「そうだ、有難く御礼を申して帰れ」
大「アハハハハハなにが有難い、もとより命はなきものと覚悟をして来た大助だ、命を助けられるのがかえって怨みだ、それよりは大助の首を切って家康の前へ持って行け。大助の一念、首になっても家康の胸元へ食いついてくれる、早く首を斬れ、爺」
彦「イヤ気の強い小童《こわっぱ》め、君の御仁心をなんと心得る。命を助けて下さるというのに首を切れということがあるか。そんな強情をはらないで、早く九度山へ帰って、親父の側へ行って玩具《おもちゃ》でも持って甘ったれていろ」
大「誰が玩具などを持つ奴があるか。首を切れ、この大助の首が恐ろしくて切れぬか」
彦「だまれッ、なにが恐ろしい、けれども君の仰せだ、切ることはならぬ、早く城内を立去れ……立去れというにわからぬか。そうして父幸村のところへ帰ったら、よく家康公の御仁心を伝えるようにしろ。命冥加《いのちみょうが》な奴だ……なにを考えている、早く立去れと申すに」
大「ウーム、さては家康め考えたな、この大助の命を助けて帰せば、父幸村がその恩義に感じて徳川方へ味方すると思っての仕方か、さようなことに心をみだす父幸村でない、アハハハハハ狸爺めが」

彦左衛門、この小倅め、なんでも知っていると思った。
大「しかし、たって立去れというなら、一たんここは出てやる、いずれ戦場で出会うこともあろう。その時は家康をはじめ、爺、貴様の首も貰うから、よく今のうちから首の垢を洗っておけ」
彦「オヤこの小倅、命を助けて貰って、悪口をするか、サッサと立去れ」
彦左衛門は、家来たちをかえり見て、
彦「コレコレその方ども、大助を城門まで送ってつかわせ」
○「ハッ……」
家来が心得て、大地においた提灯《ちょうちん》を——と見るとおいてあった筈の提灯がない。
○「コレコレ牢番、今拙者の持って来た提灯をどこかへ持ってまいったか」
番「イエ存じませぬ」
○「ハテナ……」
見ると傍らの松の木のうえの方に引ッかかっている。
○「オヤオヤあんなところに引ッかかっている、誰が持って行ったのだろう、つまらぬいたずらをするものだ」
これは猿飛がいたずらしたのであるが、誰もそうとは気がつかない、ようやく松の木からおろして、提灯に道を照らしながら大助を城門の方へ送って行く。

彦「アハハハハハ、しかし小気味のいい奴じゃわい」

笑って彦左衛門はそのままもと来た道へ引返して行く。

その間に猿飛に霧隠の二人の姿は見えずになった。

その夜のことであった。家康の寝所へ黒い二つの人影が朦朧《もうろう》と現れた。家康は軽いいびき、を立てて眠っている、側へ近寄ったと思うと、いつか枕許におかれた金銀ちりばめた太刀が猿飛の手に握られていた。そうして一枚の紙切を家康の枕側へおくと、そのまま二つの人影は次第次第に消えて行った。その翌日家康が目覚めて見ると、枕の側に一枚の紙切がある、取りあげて見ると、——

今夜首頂戴仕る筈に候《そうろう》ところ、主人若殿大助の命を助けられし恩義に感じ、首だけはこの後の戦場までおあずけ申候、その首の代りとして御許の太刀一時借用仕候。

真田幸村の臣
猿　飛　佐　助
霧　隠　才　蔵

としてある。家康飛上って驚いた、枕許を見ると、なる程そこにおいてあった太刀がない、急に騒ぎ立てて、城内を探しまわったが二人の姿は見えなかった。

二　林の中の大男

二条の城内を出た大助は暗がりの中をようやく四条の松並木へ来かかった頃、夜はほのぼのと明けて来た。考えて見ると返す返すも残念でたまらない、引返して城内へ忍びこみ家康の首を、と考えても見たが、もう先方も用心をしている、一人で忍びこんで討つということはなかなか容易のことではない、又捕えられては恥の上ぬり、といって仕損じて捕えられ、命を助けて貰って帰って来たといっては、どうしても父の許へ帰れない、もともと仕損じたら命は亡きものと覚悟をしたこの身、いっそここで腹切って、この失敗の申しわけをしようと、松並木の芝生の上へドッカと坐った。

と、どこからともなく、グーッグーッという嵐のようないびきが聞えて来る。

大「誰かこの並木の中に寝ていると見える、大きないびきだ……それにつけても猿飛と霧隠はどうしたか。この大助が仕損じたと聞いて、昨夜にも今夜にも城内へ忍び入って、家康の首を取ったか、自分が仕損じて、家来が成功したとあっては尚更、父上にあわせる顔がない、とにもかくにも生きておられぬ、この身は潔く切腹して死のう」
　衣服をくつろげ、大刀をギラリ引抜いて腹へ突立てようとすると、グーッグーッという大いびき、それが耳について、腹が切れない。
大「ひどいいびきだ、大蛇《おろち》ではないか」
　立上って大助が、松の間をくぐって来て見ると、よごれた黒の紋付に、白博多《しろはかた》も赤くなった帯をしめ、朱鞘《しゅざや》の大小、色の黒い、頬に虎髭《とらひげ》のはえた大きな浪人者が大の字になって、鼻から嵐を吹いて寝ている。
大「この男だ、恐ろしいいびきだ」
　と大助側に来て、
大「コレ起きろ、起きろ」
　と声をかけた、浪人者はパッと目を開いて、ムクムクと起き上って見ると、若い武士が刀をぶら下げて立っている。
浪「なんだ、おれを起したのは誰だ」
大「拙者だ」
浪「ヤア年の若い小僧、折角よく寝ているものを、なんで起した……ウーム刀を持っているところを見ると貴様おいはぎか」

大「イヤそうではない、あまり大きないびきだから起した」

浪「ナニッいびきが大きくてもいいではないか、おれの鼻でおれがいびきをかいているのだ、大きにおせわだ」

大「イヤそう怒るな、ところで貴公に頼みがあるが聞いては下さるまいか」

浪「何だ、断っておくが、銭がないから貸してくれといってもないぞ」

大「それはないことは分っている」

浪「察しのいい奴だ、何だ頼みというのは」

大「私《わし》の首を切って貰いたい」

浪「ナニッ、貴様の首を切ってくれというのか」

大「いかにも」

浪「妙な頼みだ、命を助けてくれろといわれたことはあるが、首を切ってくれと頼まれたのは初めてだ、次第によったら切ってもやるし引抜いてもやるが、どういうわけだかそのわけをいえ」

大「実は親からいいつかったことを仕損じて、おめおめ親の許へは帰れぬ、その申しわけにここで腹を切るから、貴公、拙者の首を介錯《かいしゃく》してこの首を拙者の父の許へ届けてはくれまいか」

浪「アハハハハハ意気地のない奴だ、いびきが気になって腹が切れぬということがあるか。それはまだ、本当に死のうという気がないからだ、本当に死ぬ気なら、いびきをかこうが、大砲の音がしようが、腹の切れぬことはない、情ない奴だ、首を切ってくれというなら切ってもやるが、親のところへ届けてくれというのはちょっと迷惑だ、どこへ届けるのだ、近いところか」
大「紀州の九度山……」
浪「ナニ紀州の九度山……大層遠いところだな、申しわけがないから紀州の高野山に入って坊主になるという話は聞いたが、九度山といえば高野山の麓だな」
大「さよう」
浪「なんという者のところへ届けるのだ」
大「真田幸村と申す者の許へ……」
浪「ナニッ真田幸村……」
もうこの時には夜はスッカリ明けはなれて人の顔もハッキリわかる。真田幸村といわれて、浪人者は眼を円《まる》くして大助の顔を見た。
着ている衣服の紋所は、六連銭、衣服の所々ににじんでいる血汐《ちしお》。
浪「御身は幸村殿の御子息か」

大「ハイ、大助幸昌と申します」
浪「オオ大助殿か」
大「御身は」
浪「元黒田長政《くろだながまさ》の家来後藤又兵衛基次《ごとうまたべえもとつぐ》だ」
大「オオ後藤又兵衛殿でございましたか」
又「ウム、かねて御身の噂も承っておったが、なんでさようなことをなさる」
大「お聞き下さい、実はかようでござる」
　大助は二条城内の失敗を話した。又兵衛ニッコリ笑って、
又「それは大助殿、御身に似合わぬこと。家康を討ち損じた時、その場を去らず、腹切って死ぬならとにかく、無念捕われた上はどの道身の恥辱、今になって、腹切ったとて申しわけにはならぬ。殊にかような所で腹切らば、あれ見よ、真田大助は家康を討ち損じ、命助かり、血迷うて往来にて腹切って死んだといわれたら、それこそ恥辱の上の恥辱――悪うは申さぬ、関東関西の手切れも近き内、合戦の場所は大阪表《おもて》、それまで恥を忍ばれよ、いざ合戦という時、陣頭に立って思うのまま働きなし、折よくば家康の本陣に切込み、狸爺の首取らば、その手柄は錦上の花と栄えて、今の恥辱はただ一時の露と消え申さん。気を取直してこのまま紀州へお帰りあれ」

又兵衛は重い口から、ねんごろに説く、その言葉には温情が籠っている。
大「ハイ」
又「おわかりか、おわかりになったら、恥を忍んで九度山へお帰りあれ。お父上も決してお小言はおっしゃるまい、この又兵衛もいざ合戦とならば、大阪へ入城するつもりでござる。その時はともどもに徳川の大軍を引受けて、花々しく戦おうではないか。そうして敵《かな》わねば討死するまでのこと、それが武士らしい最期ではないか、のう大助殿、アハハハハハ」
勇しい言葉に大助も気を引立てられて、
大「手前の心得違いでございました。御意見よくわかりました、それではおさとしに従って、一たん紀州へ立帰ります」
といいつつくつろげた肌を入れ、刀を鞘《さや》に納めた。
又「よう聞きわけられた。それではこれでお別れ申そう、幸村殿によろしく」
大「ハイ、又兵衛様にも御機嫌よう」
又「オオッ……」
大助は又兵衛に別れ、紀州をさしてその所を去った。
又「きびきびとした小気味のよい息子だ」

又兵衛は笑顔で後を見送っていた。ところへ猿飛と霧隠が大助の行方を探しながら、通りかかった、松の切株に腰をかけて、パクリパクリ煙草をのんでいた又兵衛が、
又「コレコレ待てっ」
と声をかけた。

二 幸村の大量

声をかけられて猿飛佐助と霧隠才蔵が立ちどまって、見ると松の根方に腰をかけてパクリパクリ煙草をのんでいる、身の丈の勝れた、色の黒い浪人者がいる。
佐「なんだ」
又「なにを鼻の頭へ皺《しわ》を寄せて赤い顔してちょこちょこ歩いている」
佐「口の悪い奴だ、なにもちょこちょこ歩いているわけではない、探しているのだ」
又「柿の木でも探しているのか」
佐「ばかにするな、いくらおれが猿のような顔をしているからといって、柿の木を探して

歩く奴があるか」
又「それでは蟹《かに》でも探して合戦でもしようというのか」
佐「イヤ、口の悪い奴だ……貴様に会ったのが幸いだ、今しがたここを年頃十五、六になる前髪立の若い武士が通りはしないか」
又「ウム、通ったぞ」
佐「通った……どこへ行った」
又「どこへ行ったといって、貴様達はその若侍の供の者ではないか、ちゃんと顔に書いてある」
佐「ふざけるな」
又「主人の供をして来ながら、その主人が捕われて牢の中に入っているのを助けることもできず、主人と迷子になって、後を追いかけて探して歩くということがあるか」
佐「なにッ……主人が捕われて牢の中……貴様それを知っているのか」
又「知っているとも。怒っていたぞ、主人の供をして来ながら、行方知れずになる不忠者、紀州九度山へ立帰ったら、手討にするといっていた。けれども手討にしても佐助の首などは、乾したところで面になるくらいのものだといっていた」
佐「うそをつけ、おれの名を佐助と知っている貴様は全体誰だ」

又「おれか、おれは後藤又兵衛だ」
佐「エエッ、後藤又兵衛豪傑か」
又「急に豪傑になったな……オイ猿飛、大助殿はまだ年が若いのだ、供をして行ったらなぜもっと気をつけてやらぬのだ。今大助殿に会って話を聞いたが、貴様達なにをしていたのだ」
佐「イヤ実は大助殿を助けようと思って牢の前に行くと、大久保彦左衛門が来て、大助殿を主人家康の命令《いいつけ》だといって、牢から出して助けて帰した。そのために家康の首を斬ろうとした刀もにぶって、その恩義に免じて一度は家康の首を助けてやった。けれども家康を恐れたといわれるのも腹が立つから、昨夜家康の寝所へ忍び入って、首は近く合戦のあるまで預けておくということを書いてこの刀を持って来た」
又「そうか、泥棒根性があるのだな」
佐「悪口をいうな」
又「しかし貴様達にしては大出来だ、いくら敵でも寝首をかくということは武士のなすべきことでない。それよりも生《いか》しておいて、いざ戦場という時、立派に名乗りあって、堂々と首を取る方がいい。実は大助殿はここで切腹しようとしたから、おれが止めて意見をしたので、思い直して紀州九度山へ帰った」

佐「それはどうも、豪傑かたじけない」
又「まだ遠くは行くまい、後を追いかけて行けば追いつくだろう」
佐「それでは、豪傑、又お目にかかろう」
又「気をつけて行け」
猿飛と霧隠の二人は道を急いで大助の後を追った。
大助幸昌は、途中も無事に紀州九度山へ帰って来た。しかしさすがに父の前に出るのは、恥かしかった。おずおずと父の書斎に通った。
大「父上、大助只今立帰りましてございます」
幸村はだまって書見をしている。
大「父上、只今大助戻りましてございます」
しずかに書から目をはなして、ジロリと大助の顔を見た幸村が、
幸「大助、よく戻った」
大「ハイ……」
頭から叱られることと思っていたのが、よく帰って来たといわれたので、大助はホッと一息。
幸「大助、誰に命を助けられて戻って来た」

大「エエッ」
幸「いやさ、そちの切腹しようとしたのを誰が助けた」
　大助はハッとした。自分が切腹しようとしたのを、後藤又兵衛が助けたことを、どうして父が知っているかと、思わず幸村の顔を見あげる。
幸「隠さんでもよい、明らかに申せ、仕損じたな」
大「ハイ、申しわけございませぬ」
幸「仕損ずれば命を完《まっと》うして帰るそちではあるまい、それが戻ったのであるから誰に助けられたと聞くのじゃ」
大「恐れ入りましてございます、後藤又兵衛殿に助けられました」
幸「ナニ後藤又兵衛……ウーム、よい人に助けられた、なんと申した」
大「今は死すべき時でない、近く関東関西の手切は火を見るよりも明らかである。合戦の場所は大阪表、戦場にて思いのままの働きをなし、今日の恥辱をそそげと申されました」
幸「ウム、そうあろう、さすがは後藤又兵衛、よく意見して下さった、それでよい、それでよい、又兵衛殿の御意見は決して忘れてはならぬぞ」
大「胆に銘じて忘れませぬ」
幸「それでよい、そちらへまいれ」

といって、又書物に目をうつした。
大助はホッとして自分の部屋に戻った。
そこへ霧隠と猿飛が帰って来た。
佐「御主君、只今戻りましてございます」
才「只今戻りました」
幸「おお猿飛に霧隠か」
両人「へへエ」
幸「大分遅かったな、大助は先に戻ったぞ」
佐「恐れ入りましてございます」
幸「申しつけた土産を持って参ったか」
佐「へエ、家康の首でございますか」
幸「そうじゃ」
佐「それはこれでございます」
と佐助は金銀ちりばめた、大刀をそれへ出した。
幸「なんだそれは。誰が刀を盗んで来いと申した」
佐「へエ、実は若殿の失敗、牢を破ってお助け申そうとしましたところ、奸智《かんち》にたけた家康、若殿のお命をお助け申し、無事九度山へ帰れとのこと、たとえ奸智にもせよ、若殿のお命を助けたる家康、その首を取りかねました」
幸「ウム」
佐「しかしそのまま立戻るも残念と心得、その夜二条の奥殿、家康の寝所に忍び入り、こうこういうことを書いて、枕元におき、その首の代りにこの大刀を持ってまいりました。これは家康の佩刀《はかせ》でござります」
　幸村ニッコリ笑って、
幸「そうか。幸昌が助けられて見れば、首取るも気の毒、又寝首をかくも、武士としてすべからざること。家康の首は戦場で取るのが楽しみじゃ。よくいたした、疲れたであろう、ゆっくり休息いたせ」
　とねんごろにいたわった。

もろこし団子屋

幸村はいうべき時には、その必要なことだけを大助にも家来達にも話をするが、その他の事は一切無口であった。そうしてただ楽しみとするのは軍書を読むことと碁を囲むことであった。暇があれば九度山村の名主六右衛門《ろくえもん》という者のところへ行って碁を囲んでいる、けれどもいつ打っても殆ど勝ったことがない。まけても別段くやしがりもしない、たまに勝てば涎《よだれ》をダラダラたらしてニヤニヤ笑っている。六右衛門は幸村をばかだと思っている。なにを尋ねられても「サア私は知らぬな」といっている。

六「真田様、お暑うございますな」

幸「さようかな」

六「幸村様、お寒うございます」

幸「さようかな」

というだけのこと、誰が見ても立派なばかゝ、これが大阪城へ入城して関東徳川の大軍を引受ける軍師になるほどの人物とは思えなかった。
　今日も今日とて幸村はつれづれのままに六右衛門方へ来て碁を囲んでいる。ところへカンカラカンカラカンカラカンカラという鉦《かね》の音。
団「サアサア大阪名物もろこし団子、買いなはれ買いなはれ、うもうてうもうて頬が落ちる、日本一のもろこし団子、えらい御方は太閤はん、日本ばかりか唐《から》まで渡り、もろこしころころ勝いくさ、その時土産のもろこし団子、うもうてほこほこ頬ぺたの御用心、サアサア買いなはれ買いなはれもろこし団子……」
　節面白く唄いながらカンカラカンカラ鉦を叩いて来る。これはこの頃、この九度山村から学文路《かむろ》村へかけて商をしてあるくもろこし団子屋、年の頃は三十四、五、色の浅黒いキリリとした口許、目に愛嬌のある立派な男、浅黄《あさぎ》の頭巾をかぶり、身には花の模様の袖なし羽織に派手なあらい縞の袴をはき、赤い太い鼻緒のすがった草履《ぞうり》に黄色い足袋《たび》、もろこし団子の入っている荷をかついでいる。
　丁度一石打ち終って六右衛門の勝となった。
六「幸村様、ちょっと休んでお茶にいたしましょうか」
幸「さようさな」
六「丁度幸いもろこし団子屋がまいりました、今日はあれを御馳走いたしましょう」

幸「さようかな」
門の方に面した座敷で碁をかこんでいたが、サラリと六右衛門が障子を開けた。
団「サアサアカンカラカンカラもろこし団子、唐もやまともおしなべて、サアサア買いなはれ買いなはれ」
六「コレコレ団子屋、団子屋」
団「ハイハイどちら様でございますか」
六「こっちじゃこっちじゃ」
六右衛門は手をたたいた。
団子屋は荷をかついだまま大きな冠木門《かぶきもん》を入って来た。
団「ヘイヘイ」
団「ヘエヘエこれはお名主様でございますか、毎度ご門を通りましておやかましゅうございます」
六「団子を五、六本くれ」
団「ヘエヘエ有難う存じます」
六「売れるか団子屋」
団「ハイハイおかげさんでな、私の団子は太閤はんの団子でな、おいしゅうおまっせ、なんせ太閤はんが関白太政大臣の装束を着ておこしらえになった団子でおます」
六「うそをつけ」
団子屋が黄粉《きなこ》をつけて出したのを受け取って、
六「サア真田様、お上りなさいまし」
幸「ああさようかな」
といいながら、幸村はジロリとその団子屋を見た。団子屋は、
団「ヘエお客様でございますか、どうぞ御ひいきに願います」
六「この御方は九度山村にいらっしゃる真田幸村様だ」
団「ヘエー、お噂は聞いております、真田様でございますか、だいぶ御家来衆もいらっしゃるということでございます。又御屋敷へ伺います、どうぞ沢山買って頂きます」
幸村はそれには返事もせず、だまってうなずいて団子屋に目をつけている。
六「サア真田様、御遠慮なくお上りなさいまし」
幸「ああさようかな」
一本手に取ってムシャムシャと食べている。それから又碁を打ち始めた。幸村は団子を左手に持ったまま、余念なく碁を打っている、団子屋は笑いながら行ってしまった。

二 城内の評定

豊臣と徳川の間はますます切迫して、徳川二代秀忠も大軍をひきいて江戸から乗込んで来て、京都に取詰めて居る。その他関東方の諸大名続々と京都へ乗込んで来る、いつ合戦が始まるかわからないというような有様になった。続いて徳川方から、最後の使を大阪城へ差向けた。それは諸国の軍勢かくの如く馳せ集ったうえは、大阪へ取詰めると共に、落城は疑いない。それよりはこの際心を改めて秀頼は播州姫路へ国替《くにがえ》をするか、又は江戸へ参覲《さんきん》交代をして徳川将軍の命を守るか、又は淀君を人質として関東へ下向《げこう》させるか、この三ケ条の中一ケ条望みに応ずるなら、軍勢を引上げ和睦をするが、さもなくば関東の大軍一度に大阪城に攻めかかり一挙にして踏みくだくといったような申込であった。気の強い淀君がなんでそれを聞くものでない。烈火の如くに憤って、

「おのれ家康無礼至極の申し条、日本一の名城に恐をなしたものと見える、今更和睦などいたすべきでない、以ての外の家康の不埒《ふらち》、一ケ条として承知すべき理由はない」

とはねつけた。これがために豊臣、徳川の両家はここに全く手切れとなった。

そこで徳川家より諸大名へ書付を以て大阪へ取詰める場所を発表、諸侯の同勢徳川家の人数を合せて総勢五十余万、先手《さきて》として藤堂和泉守高虎《とうどういずみのかみたかとら》、井伊掃部頭直孝《いいかもんのかみなおたか》、慶長十九年十一月十一日、河内通りへ押出し、十二日には藤堂高虎、住吉に至って陣を取り、井伊直孝は桑津へ来て陣を取った。この両勢合せて二万あまり、その他の諸侯は、それぞれ徳川家より申しつけられた場所へ陣を張り、いざという合図を待って一斉に押出そうという、用意おさおさ怠りない。

大阪の城内では豊臣恩顧の大名続々として集り、今度こそ、徳川親子を討取り、天下を取り返し、再び豊臣の手に天下を収めようと勇気りんりんとして、それぞれ持場持場を厳重に固めた。いよいよ関東関西手切れと聞いて、かねての約束の下に大阪城さして乗込んで来た浪人は第一番に後藤又兵衛基次、塙団右衛門直之《ばんだんえもんなおゆき》はじめ英雄豪傑一百余人、鬼を捕えて塩をつけて食いそうな強い者ばかり、堂々と足を踏みならして集って来る。そこで大阪城内に諸将が集って相談、正面には右大臣秀頼、並んで淀君、傍《かたわら》に大野道犬《おおのどうけん》、同じく倅修理大夫治長《しゅりのだいぶはるなが》、木村長門守重成《きむらながとのかみしげなり》、大手の大将、少しさがって浪人組ズラリといならんでいる。同勢は集ったが、総軍を指揮する軍師となるべき者がいない、誰を軍師にしようかというのが相談の眼目。この時木村長門守重成進み出で、長「その軍師は誰彼と申すより、紀州九度山に隠遁せられている、真田左衛門佐幸村殿をおいて外にはござるまいかと考えます。幸村殿をおむかえあって然るべきかと存じまする」

と聞いて座の四方から、

「長門守殿仰せの通り幸村殿ならば、この上もない人物、それこそよろしかろうと存ずる」

と異口同音に同意する。と、

大「アイヤその儀は相成りますまい」

という声、一同が見ると大野道犬という淀君の側にこびりついて、倅の修理大夫とともに淀君にこびへつらっている城内名代の憎まれ者。

○「ホーラ又道犬爺が出て来た、なんにでもあの爺口出しをする奴だ……道犬老、なんで幸村殿はならぬと申されるのだ」

道「されば、幸村はなるほど智者には相違ないが、それは以前の話、慶長五年関原の戦以来、紀州九度山の山中にかくれ、父の安房守昌幸が死んだ後は為すこともなく、聞けばよだれをたらして人から、ばかよ、あほうよといわれているとのこと、さようなばか者を当城の軍師に仰いだら、関東方の物笑い、この道犬は、反対でござる」

という言葉の切れるか切れないうちに、
「だまれーッ」
と破鐘《われがね》のような声で怒鳴ったものがある。人々驚いて見ると、例の大力無双、人も知る暴れ者塙団右衛門　橘《たちばなのなおゆき》　直之が、大眼を光らしている。
道「団右衛門ではないか、だまれとはなんだ」
団「なんだとはなんだ、幸村殿をとらえてばかとはなんだ、それは敵を欺くための作りあほう、三国の諸葛亮孔明、我が朝の楠木正成をおいては真田幸村殿こそ、まず当代の智者といわれる方である。ただ一人の幸村殿を当城へ迎えれば、百万の味方を得たるも同然、関東軍を打破り家康めの首取るは真田殿をおいて他にあろうか、それをばかのあほうのと申して反対をするとは、貴様こそ以てのほかのばか坊主、よけいなことを申すな」
道「ばか坊主とはなんだ」
団「イヤこの坊主め、口の悪い奴だ」
さざえのような拳をかためて、立上ろうとした時に、右大臣秀頼公が、
秀「コレ待て団右衛門、道犬、汝等この場に於て争うところでない、味方に取って大切の相談、静かにいたせ」
両人「ハーッ」

秀頼公の一言に二人は頭をさげた。
秀「只今重成の言葉、真田幸村を軍師と仰ぐことについて、一同のものの考えはどうじゃ、多数の意見に依って定めたいと思うぞ」
×「ハハッ、その儀最もよろしかろうと存ずる」
○「幸村殿結構に存ずる」
賛成賛成という声ばかりで、反対をしたのは大野道犬と倅修理大夫治長と織田《おだ》有楽斎《うらくさい》という三人だけ、いわゆる多数決で幸村を軍師として九度山から迎えることに決定した。

乞食の訪問

紀州高野山の麓、九度山の幸村の閑居の門前にたたずんだ一人の乞食があった。あらめのようなボロボロの着物に剣菱《けんびし》の印のついた酒菰《さかごも》を身にまとい、醤油で煮しめたような手《て》拭《ぬぐい》をかぶり面桶《めんつう》に竹の杖を持った色の黒い両眼の鋭い、青髭《ひげ》の濃い、身の丈六尺三、四寸、見あげるような大男。その乞食が今幸村の門を入ろうとすると、そこに何か荷がおりてい

て人がいない。乞食が側へ寄って見ると団子屋の荷、
乞「ハハア、もろこし団子屋だな、今腹がへっているところだ、丁度幸い……」
　自分で団子を取り出して、黄粉《きなこ》をつけてムシャムシャムシャムシャ食べ始めた。忽ちペロリと十二、三本平げ、両手に一本ずつ持って、ノソノソ門の中へ入って来ると、自然にズーッと庭の方へ行けるようになっている。その庭に面した座敷の障子の外に立って、内の様子を窺っているのは、はでな花の模様の着物に浅黄の頭巾をかぶったもろこし団子屋、ジッと団子を持ったまま見ていた乞食が、
乞「団子屋だな、妙な奴だ……オイオイ団子屋、団子屋」
　という声にハッと驚いて団子屋は、
団「ヘエヘエお呼びになりましてございますか」
乞「呼んだぞ、団子を貰ったぞ」
　というのを見ると、きたない乞食が、ムシャムシャ団子を食べている。
団「オイオイ、今団子屋と呼んだのはお前か」
乞「ああそうだよ」
団「そうだよじゃアない、乞食のくせに団子屋と呼捨にする奴があるか」
乞「団子屋だから団子屋といったのにふしぎはあるまい」

団「第一だまって団子を食う奴があるか」
乞「それでも食えといわんばかりに、ここに荷をおいてあるから、食わないのは悪かろうと思って食ったのだ。貴様の団子はまずいな、団子屋」
団「ばかにするな、しょうのない乞食だ、油断も隙もありゃアしない。何本食った」
乞「そうさな、さっき十三本、両手に一本ずつ、しめて十五本かな」
団「エエッ十五本――じょうだんじゃアない、なんだってそんなに食ったのだ」
乞「食ったわけではない、ムシャムシャやっているうちに腹へ入ってしまったのだ。ウーイッ、これでいくらか腹が張った」
団「腹が張るほど食べられてたまるものか」
乞「しかし団子は胸が焼けていかぬ、酒はないか団子屋」
団「ばかにするな、団子屋が酒を売るか」
乞「アハハハハハ、怒るな怒るな、どうも馳走だったな」
団「オイオイ、十五本も食って食い逃げをする気か」
乞「ハハア乞食から銭を取る気か」
団「フッ、問答をしていやアがる、ただ食う気か」
乞「乞食から儲ける気か」

団「これは口じゃアかなわない、仕方がない、災難だとあきらめろ」
乞「そうだそうだ感心感心、どうだ災難ついでにモウ五、六本……」
団「じょうだんをいうな」
乞「アハハハハハ」
　笑いながら乞食は玄関にかかった。
乞「頼ーむ、頼ーむ」
○「ドーレ……」
　由利鎌之助が玄関に出て見ると、大きな乞食が立っている。
鎌「今頼むといったのは貴様か」
乞「そうだ」
鎌「なんだ、乞食のくせに頼むなどと、案内を乞う奴があるか」
乞「ハハア、乞食が案内を乞うてはいかぬと誰がきめた」
鎌「理窟をいうな、乞食ならあまり物でも貰いに来たのだろう、裏へまわれ」
乞「イヤここでいい、銭やあまり物を貰いに来たのではない」
鎌「それではなんの用があって来たのだ」
乞「お前達のような身軽い者にいうべきことでない」

鎌「なんだ自分が乞食のくせに、人のことを身軽き者だといやがる」
乞「マアそう怒るな、猿飛や霧隠はおるか」
鎌「おる」
大「おるならちょっと猿飛に取次いでくれ」
鎌「猿飛を知っているのか……」
　由利鎌之助奥へ入って来て、
鎌「オイオイ猿飛」
佐「なんだ由利」
鎌「今玄関へ汚い乞食が来て、貴様の親類だ、会いたいといって待っている、早く行ってやれ」
佐「なんだ乞食……ばかをいえ、乞食に親類はない」
鎌「でも貴様に金の貸があるから、取りに来たといっているぞ」
佐「うそをつけ」
　猿飛佐助が玄関に出て来て、
佐「なんだ、俺に逢いたいというのは貴様か」
乞「アハハハハハ、来たな猿公《えてこう》」

佐「猿公……猿公とはなんだ」
乞「そう鼻の頭へ皺を寄せて、キイキイいって歯をむき出して怒るな、おれだ、よく顔を見ろ」
と頬かむりをしていた手拭を取った。その顔を見ると猿飛が、
佐「ヤヤッ……」
と声をあげて驚いた。

〓 敵の間者ただ一刺

訪ねて来た乞食は思いがけない後藤又兵衛基次であった。真田幸村を軍師として大阪城に迎える、その使者に又兵衛が立ったのであった。けれども大阪から、紀州九度山までの間には、徳川方の関所が幾ケ所もあるからその厳重な調べを避けるために、乞食の姿になって幸村の閑居を訪れたのであった。猿飛佐助は驚いて、
佐「イヤこれは失礼をいたした、又兵衛豪傑でござったか……オイ、由利、これは元黒田

家の家来後藤又兵衛基次殿だ」
鎌「オオ後藤又兵衛殿でござったか、イヤどうも失礼をいたした」
佐「時に又兵衛殿、なんでそんな姿をしておいでになった」
又「イヤとうとう乞食になってしまった、仕方がないから幸村殿にお願いして、ここの家において貰おうと思ってやって来た、幸村殿によろしく取次いでくれ」
厄介な奴が飛びこんで来たと思ったが、
佐「さようか、それでは御案内をいたすが、その姿では困る、何しろこっちへ来て顔や手足を洗いなさい」
又「ああよしよし」
裏の井戸端へ来て、ボロボロの着物をぬいで、盥《たらい》に水を一ぱい汲み、頭から手足体をスッカリ洗って、髪をたばねているところへ、佐助が着物を持って来た。
佐「豪傑、これを着なさい」
又「着がえか、感心感心、よく気がついた」
又兵衛その着物を着て見ると、猿飛が人並より小さいのに、又兵衛が人並より大きいから、その形のおかしいこと。
又「猿飛、わしの着て来た着物は貴様にやるから、大切にしまっておけ」

佐「じょうだんいうな」
　猿飛は又兵衛をつれて、幸村の居間に来てひきあわせた。互いに初対面の挨拶がすんで、
幸「京都にて倅大助の命をお助け下されし由、改めて幸村御礼を申す……して今日まいられたはなにか御用でござるかな」
又「又兵衛、内々申上げたき儀がござる」
幸「さようか……佐助」
佐「ハッ」
幸「その方がそこにおっては差支《さしつかえ》がある、あちらへまいってよかろう」
佐「ハハッ」
又「猿飛、貴様がそこにいては邪魔だ、あちらへ行ってよかろう」
佐「まねをするな」
　猿飛は歯をむき出してその場を立った。幸村はかたちを改めて、
幸「又兵衛殿、遠路のところ御苦労でござった、大阪城よりのお迎えかな」
又「エッ……幸村殿には御存じでござるか」
幸「御身がまいられたと聞いた時、その事とお察し申した」
又「さすがは幸村殿、恐れ入ってござる、御存の如くこの度関東関西お手切となり、関東

の大軍大阪へ取詰め、それぞれ陣所も定めたる様子、明日にも合戦とならば、軍師の役は御身より外になしと衆議一決いたしてござる。右大臣家の仰せを受け、又兵衛基次、お迎えにまいってござる、この儀御承知下さるでござろうな」

又兵衛の言葉の終るを待って、ジロリとその顔を見た幸村が、

幸「仰せでござるが、その儀はお断りいたす」

又「ナニお断り……それでは御承諾がないか」

幸「折角の思召でござるが、真田幸村は少々仔細あって、大阪入城の儀は堅くお断り申す」

又「ウム、それでは大阪城に於て秀頼公を始め諸将一致して、御身を軍師に奉ると申しても御承諾下さらぬか」

幸「なんと仰せあってもお断り申す」

又「それではこのまま、この山中に隠遁せられるお考か」

幸「イヤ関東へ味方いたす心得……」

又「ナニッ、関東へ味方……幸村殿、それは正気で仰せらるるか」

幸「いかにも正気でござる、正気であったらなんとなさる」

又「黙れッ父君安房守殿以来、豊臣家に受けたる御恩を忘れ、敵たる徳川に味方するとは、

恩を仇なるいたし方、殊に大助殿の命助けたる後藤又兵衛、その縁故を頼り、わざわざ乞食にまで姿をかえ、御身を迎えにまいったるに、恩を忘れ敵たる徳川に味方するとはいおうようなき人非人《にんぴにん》、後藤又兵衛基次、天に代って成敗いたす、そこ動くな」

といいざま、スックと立上って、傍の長押《なげし》に掛けてあったる二間柄《にけんえ》の槍、手に取るよと見えたが、リュウリュウとしごいて、あわや幸村の胸元目がけて突き出したかと思いきや、傍の庭の方を狙って、障子越しに「ヤッ」と叫んで突込んだ。と、その槍先に「アッ」とたまぎる人声。グイと一ひねりひねっておいて槍を引抜き、縁側に出て見ればこはいかに、そこには例の浅黄の頭巾をかぶったもろこし団子屋が、横腹を突かれて、血に染って倒れている。ニッコリ笑って基次は、血を拭った槍を傍に立てかけ、

又「幸村殿、このものがいる為に只今の御言葉、突いてしまえばじゃまもござらぬ、何卒御本心おあかし下され」

幸村ニッコリと打ち笑い、

幸「さすがは又兵衛殿、この者を敵の間者《かんじゃ》と御覧になったか」

又「されば、こちらへまいる時、庭に立ち入り様子を窺いおる有様、たしかに怪しき奴と見て取ってござる」

幸「ウム、さすがさすが……しかし惜しいことをいたした」

又「惜しいこととは……」
幸「手前もとうより間者と知って、わざと知らぬふりをいたしておったのも、彼を利用して家康めに油断をさせる考でござったが、殺してしもうてはそれもならず……」
又「オオッ、これは恐れ入った、さような深きお考とは知らず、つい一徹の心から突殺してしまい申したが、おはずかしいことでござる」
幸「イヤどの道、命を助けて帰す奴ではござらぬ」
　ズカズカと縁側に来た又兵衛が、
又「コレ団子屋、貴様は敵の間者に相違あるまい、なんという奴か、名を名乗れ」
　団子屋は苦しい息をホッと吐き、
団「恐れ入った御眼力、なにをかくそう、手前は家康の家臣皆川伝蔵《みながわでんぞう》と申す者、幸村殿の様子をさぐるのため、かく姿をかえて……」
又「ウム油断のならぬ狸爺め、しかし汝等如きものに、秘密を見すかされるような幸村殿ではないわ。貴様を間者と知って、今まで知らぬふりをしておられたのじゃ、たわけものめ、しかし貴様も武士だ、敵ながら、主人のために間者となって入りこんだ者、家康に取っては忠義な奴、武士の面目、首だけは鄭重《ていちょう》にして、家康の手許へ送ってつかわす、喜んで死ね」

誰が槍で突かれて喜んで死ぬ奴があるものではない。又兵衛は大刀を抜いて、その間者の首を切って、これを首桶《くびおけ》に入れ、後に家康の許へ送ったということです。

ここで又兵衛は、秀頼の御《み》教書《きょうしょ》を幸村に渡し、協議の末、いよいよ幸村は大阪へ入城ときまって、又兵衛は安心して元の乞食姿になって大阪へ戻った。

■ 紀《きの》見《み》峠《とうげ》の旗風

幸村はすぐに諸所に離散している家来達に、来る十六日までに橋本の宿《しゅく》へ集るようにということをズーッとふれた、永年丹誠した張抜筒《はりぬきづつ》（はりこの鉄砲）もようやく世の中へ出る時節が来たと、さすがに幸村の顔色もよく、心も勇んだ。

そこで三好清海入道、穴山小助の二人を熊野へつかわして、本宮新宮《ほんぐうしんぐう》（地名）の勢《せい》を語らい、且《かつ》近郷近在にいろいろに姿をかえて、住居をさせている譜代の家来を集めて勢揃いをした。

一方河内の三日市《みっかいち》というところに海野《うんの》三《さん》右《え》衛門《もん》という百姓宿屋がある。諸方の道中の用を足している、只今の通運会社といったようなもの。すべて武具、馬具の類を町家の荷に仕立てて、この海野方へ残らず運んでしまった。と、慶長十九年十一月十六日、かねて幸村が諸方へ入れておいた間者から、大和国五条の城主松倉豊後守《まつくらぶんごのかみ》、関東将軍の命を受け、明朝四ツ時、九度山の邸へ一度に押し寄せることに決し、今支度最中という注進があった。この時なりと、一子大助幸昌に腹心の家来一同をつきそわせて、先に紀見峠へ走らせ、幸村自身は鼠木綿《ねずみもめん》のドンツク布子《ぬのこ》に丸ぐけの帯をしめ、自分の手作りの枇杷《びわ》の木の木刀をたずさえ、小牧鹿毛と名づける馬、名馬ではあるが、毛焼もなにもしないから、まるで小荷駄馬同様、それに乗って供をも連れずただ一人、ポックリ、ポックリ、九度山の閑居を出て、学文路《かむろ》という宿へ来ると、ここには和歌山の領主、浅野幸長《あさのよしなが》の兵が関門をかまえている。幸村の姿を見るより番兵が、

番「これはこれは真田殿、今日はどちらへおいででござるか」

幸「ハイ、高野山へ参詣いたします」

番「どうも御信心のことでございます」

幸「ハイハイ」

そのままポックリ、ポックリ行ってしまう、番兵達は後姿を見送って、

番「どうだい同役、人間もぼけるものだ、どうだあの有様は。頭は火のつくような蓬々髪《ぼうぼうがみ》、

色は真黒、目ばかり光って、イヤハヤ三文の価値もない、もっとも紋所だけは六文だが、あれが元信州上田の真田安房守という大名の倅、一時は今楠木などと評判をされた幸村、親父の昌幸が亡って以来、人間が生れかわったようにぼけてしまったが、あんなもうろく爺を恐れて、何も関所までこしらえて様子を探らないでもよさそうなものだ」
△「いかにもそうだ、あんなあほうに何ができるものではない、どうだあのざま……」
といってゲラゲラ笑っている、大きな声ゆえ幸村の耳に入るが、ふりむきもせず、橋本の宿へ来た。油断は大敵、笑ったあほうの幸村が、今出陣の首途《かどで》であるとは番士達にはわからなかった。

この橋本に集っていた家来達をひきいて幸村は、橋本から紀見峠へ乗りこんで来て見ると、大助幸昌は先程よりこの所へ来《きた》って待受けている。この時どこから集って来たか、真田の同勢千二三百騎、峠の頂上に備えを立てて、真先に金の唐人笠《とうじんがさ》の馬印《うまじるし》、赤地に六連銭の紋ついたる大旗を山風にひるがえし、槍薙刀《なぎなた》をおしならべ鉄砲の筒先をそろえて、正々堂々と控えている。ところへ幸村が乗りこんで来たから、大助は馬から飛下りて礼儀正しく挨拶をする。幸村は峠の頂上に馬を乗りすえ、馬上に小手をかざして遥かにかなたを見ると、松倉豊後守重政《しげまさ》の同勢、紀之川を押渡って九度山村指して鬨《とき》の声を揚げておして行く。幸村これを見て莞爾《にっこり》と笑った。こちらは松倉の同勢、真田の閑居を十重二十重《とえはたえ》に取り

かこみ、一度にドッと乗こんで来て見ると、こはいかに、武器は勿論家財道具に至るまでなに一つない空家、松倉の同勢驚いて、いつの間にこのように片づけたのであろう。ふしぎふしぎといっている折しも、にわかに聞ゆる鬨の声、何事ならんと見てあれば、四方の山々峯々に旗馬印ひらめき渡り、ドドーン、ドドーンとのろしを打あげ紀見峠の頂上に金唐人笠の馬印、六連銭の旗三旒《みながれ》ひるがえり、雲霞《うんか》の如き軍勢、だんだんと自分達の同勢を攻め寄せて来る様子。南無三、さてこそ真田の同勢、いつの間にか紀見峠へ備えを立て、十面埋伏《じゅうめんまいふく》の計略に出でたるかと周章狼狽《しゅうしょうろうばい》するところへ、かねて幸村が立退く時に地雷火を伏せておいたその地雷火に火が移って、忽ちガラガラガラガラズドーンと爆発したから、何条たまらん、あたりの岩石大木微塵となって中天に飛び上り、そこにいた松倉の同勢も空中へ打ちあげられ、首は首、胴は胴、手は手、足は足、五体ちぎれちぎれになり、血の雨を降らすという事はこの事であろうか、一たまりもなく散々《ちりぢり》になって敗走した。幸村、峠の頂上にあってこの体を見てニッコリ笑い、

幸「手初めよし、ソレおせッ」

と采配をバラリバラリと打振るを合図に、ドンドーンと打ちこむ押し太鼓、ブーブーッと吹立てる掛り貝、真田の同勢隊伍堂々と三日市へ来て宿陣、ここですっかり出陣の仕度に及び、早速大阪城内に使者を送って、いよいよ十九日八ツ時、真田左衛門佐幸村入城仕

る、この段お届け申すと申し送った。

大阪城内では秀頼をはじめ重役の面々、集会して合戦の評議をしているところへ、幸村から約を違えず、いよいよ十九日に入城をするという使者、時に木村長門守進み出て、長「幸村一人入城いたせば、百万の味方を得たるも同様にございます。なれども幸村永らく浪人を致しおりましたれば、御城内の面々自然と侮り申すべく、かくては味方の不利益、まず以て君より幸村を敬い遊ばせば、次第に衆人皆恐れ申すべく、兵卒、将を恐れる時は敵を恐れずと承りまする。よって明日幸村入城の折、君の御名代として、重役両人途中まで出迎え仰せつけられて然るべきかと存じまする」

秀頼ももっともに思ったから、ここで大野道犬、織田有楽斎の二人に幸村出迎の役を申しつけた。

二　入城の出迎

大野、織田の二人は不平です。

道「いかに織田氏、素浪人の真田の出迎えに、吾々がまかり越すというのは過分のいたり。しかし君命已《や》むを得ぬから、かよういたそう、ながの浪人で真田めが尾羽打枯《おわうちから》して見すぼらしい姿で打ちしおれて来るに違いないから、吾々はなるべく立派ないでたちをして、第一番に気に入らぬ幸村めに赤恥を掻かせてくれようではござらぬか」

有「いかさまさよう」

　味方の軍師を迎えるというのに、心得違の老人二人で、いでたちから供まわりまで万端華やかに用意をして十一月十九日の四ツ時（午前十時）道犬、有楽斎の二人は住吉街道にそうた阿部野というところへ来《きた》って、床几《しょうぎ》に腰打ちかけ、サア来《こ》い来《きた》れと待ちかまえた。

　ところが待てども待てども真田らしい軍勢は来ない。

道「織田氏、どうしたのだろう」

有「イヤ今日といってもそうは行くまい、なにを申すにも先へ立つのは金だ、慶長五年に浪人をして、当十九年まで十四年の間九度山の山中にあった幸村、内証も不手廻りであろうから、口では十九日といっても、さて思うようにはゆくまい、一日や二日延びるかも知れぬぞ」

道「ハハア待ちぼうけかな、つまらない目に出会ったものだ」

　立って見、いて見、又のびあがり、あくびの百ぺんもして待ちくたびれている。

こちらは真田の同勢、十九日朝寅の刻（午前四時）河内の国三日市を立って岩室、福町、茂津《しげつ》、堺、住吉と街道筋を大阪城さして乗込んで来て、丁度その日の午後三時頃阿部野の南へかかって来た。斥候《ものみ》の者が飛んで来て大野、織田に注進をしたから、さては幸村武者おしをしてまいったと見えるといっているところへ、真先に鉄砲二十挺、弓十五張《はり》、長柄十二筋二行にならび、騎馬武者三騎、その次に金唐人笠の馬印、六連銭の定紋ついたる旗三旒、徒士《かち》八人に近侍十二人馬の前後をかため、大将は黒糸縅《くろいとおどし》の鎧、同じ毛糸三枚錣《けいとさんまいじころ》、銀の半月の前立ったる兜をいただき、黒の大馬に打ちまたがり、悠々として乗こんで来た。

大野、織田の二人この様子を見て、

「ウーム、真田はえらい奴だ、永い間浪人していながら今日のこの有様は、大名の武者おし同様だ、どうも感心な男だ」

こういう小人は下から出るとつけあがり、高飛車に出ると縮みあがる。武者おしの立派さに二人は、驚き恐れて、今までふんぞり返っていた床几を離れて、ズカズカとそれへ進み出で、

大道「これはこれは幸村殿には今日の御入城、君には御感斜《ぎょかんなな》めならず、よって御名代として大野道犬、織田有楽斎、お迎えのためまかり出でましてござる。今日は御苦労に存ずる」

とていねいに会釈をした。馬上の武士ヒラリと馬より飛び下り、かぶれる兜をぬぎ、

「イヤこれはこれはお歴々のお出迎え、痛み入ってござる。拙者は左衛門佐幸村家来海野六郎と申す者、主人幸村は後よりまかり越します、軍中なれば馬上御免」

と一礼に及んでヒラリ馬にまたがりトウトウトウトウトウ行ってしまった。道犬、有楽斎顔見合せて、

道「なーんだ、今のは家来か、つまらない奴に頭を下げてしまった」

ぐちをいっているところへ、又ひらめき渡って見える旗馬印、今度こそは幸村であろうと、のびあがって見てあれば、鉄砲、弓、長柄大勢の武者前後を取巻き、馬上の大将は紺糸縅《おどし》の鎧、烏帽子形《えぼしがた》の兜、緋《ひ》の采配をたずさえて、悠々としてトウトウトウトウ乗りこんで来た。

驚いた二人、

二人「どうだい、この武者おしは。幸村という男は実に恐れ入ったものだ」

とそれへ進んで、

道「これはこれは左衛門佐殿、今日の御入城、近頃御苦労に存ずる、吾々は大野道犬、織田有楽斎でござる、今日の御入城、右大臣家悉《ことごと》く御満足、吾々ども御名代として、ここへまかり出でましてござる」

とていねいに頭をさげると、馬上の武士馬よりおり、

「これはこれはお歴々のお出迎え御苦労に存ずる、拙者は真田幸村の家来穴山小助と申す者、主人は後よりまいります、軍中なれば馬上御免」

ヒラリと馬にまたがって、トウトウトウトウ行ってしまった。二人はふさいでしまった。

二人「なんだい、あれも家来かい、又家来におじぎをしてしまった、しかし幸村には立派な家来がいる」

と感心をしていると、五人一組、七人一組となった武士、二貫目、三貫目もあろうという大砲をかついで行くから、二人は益々驚いて、

二人「幸村の家来には大力の奴が多い、あんな大きな大砲を永《なが》の道中かついで来た。恐しい奴もあったものだ」

と舌をまいたが、これは幸村が永い間、九度山にいて貼りあげた張抜の筒を、道犬と有楽斎は本物と見てしまった。

そのうちにパッと舞上った砂塵、風にあおられて二人の頭から体へあびせかかったから、

二人「これは大変、こうと知ったら、こんなよいなりをして来るではなかった」

とこぼしている。ところへ猩々《しょうじょう》緋《ひ》の馬連《ばれん》に金雁金《きんかりがね》の馬印、弓鉄砲、長柄の槍数十組、六連銭に雁金の紋付いたる大旗小旗数十旒《りゅう》、附従う武者五、六十人、馬上の大将、そのいでたちは緋縅《ひおどし》の大鎧に金銀の金物輝き渡り、同じ毛の星兜《ほしかぶと》六十四間の筋鉄《すじがね》、金の鍬形《くわがた》に

獅子噛《ししがみ》の前立《まえだて》打ったるをいただき、金切割《きんぎれわ》りの采配を采環《さいかん》に収め、黄金《こがね》造りの太刀をはき、馬は馬面《ばめん》馬具足、金覆輪《きんぷくりん》の鞍《くら》をおき、手綱を取って馬足を鳴らし、トウトウトウトウ乗込んで来た。織田、大野の二人、さすがは幸村のいでたち、あっぱれ無双の名将、恐れ入ったものとていねいに頭をさげ、

二人「これは右大臣家の御名代大野道犬、織田有楽斎でござる、幸村殿今日の御入城、君にはは御満足に思召され吾々どもへお出迎仰せつけられ、よってこれまでまかり出でましてござる」

馬上の大将、兜をぬいだのを見ると、まだ前髪立のきれいな若武者。

若「これはこれはお出迎御苦労、父幸村は先刻城内へ参上仕ってござる、拙者、幸村の一子大助幸昌でござる、乗打御免」

といいすてて、トウトウトウトウ行過てしまった。

道「なんだい又違ったか、あれが幸村の倅の大助か、イヤ立派な男だ。しかし家来に二度、小倅にまでお辞儀をしてしまえば世話はない、しかし幸村は先刻城内へ行ったというが、どの道を通ったか」

と驚きあわてて、大助の後について大阪城内へ帰った。

人の心の奥までも知る幸村は、こうして城の心なき武士どもの胆《きも》をうばったのであった。

大阪城へ入った幸村は、すぐに城の東南の隅に一つの廓《くるわ》をこしらえて、これを偃月城《えんげつじょう》となづけたが、人呼んで俗に真田丸《さなだまる》又は真田廓《さなだくるわ》などといった。

二　奈良の夜討

いよいよ戦は始まった。時は慶長十九年十一月十五日、徳川家康は京都二条の城を出発して住吉神宮寺へ乗りこんで陣をすえ、二代将軍秀忠は伏見から枚方《ひらかた》を通って平野に来て、本陣をすえることになった。家康は二条を出て、その夜は奈良へ来て奈良の中の坊左近《ぼうさこん》というもののところへ泊ることになった。と、急に家康の旗本がなんとなくざわめいたと思うと、ドッと揚った鬨《とき》の声、真先に赤地に六連銭の紋ついたる旗を夜嵐に吹きなびかせ、一手の同勢破竹の勢をもってドッとばかりに攻めかかった。ふいの夜討に旗本の軍勢算を乱して敗走する、家康何事ならんと幕外へ立ち出でたる折しも、後の方に声あって、

「ヤアヤアそれにおらるるは徳川家康殿と見奉ったり、我こそは前の信州上田の城主、真田左衛門佐幸村なり、見参、見参ッ」

と呼ばわった。家康飛上って驚いた。これはたまらぬと、傍の駒に飛乗ると一鞭あてて「ハイヨーッ」と逃げ出した。これは幸村ではなかった、幸村には七人の影武者がある、その七人の中の一人根津甚八が幸村と名乗って乗込んだのであった。家康の逃げる姿を見ると、

「ソレ追いかけろッ」

とあって真田の同勢五十余人、砂煙を立てて追いかける。

家康の大事と見て徳川の旗本、近藤登之助《こんどうのぼりのすけ》、阿部四郎五郎《あべしろうごろう》、大久保彦左衛門、同じく彦六《ひころく》、坂部三十郎《さかべさんじゅうろう》、長坂血槍九郎《ながさかちやりくろう》などという人々が踏みとどまって、真田の同勢を食止めているその間に家康は僅《わずか》の人数を従えて、ドンドン逃げて来ると、一つの森がある。ここまで来て振返って見れば真田の同勢も遠ざかった様子だから、ホッと一息つく間もなく、傍の森かげからドッとあがる鬨の声、これはと驚くところへ現れ出でたる武者一人、大荒《おおあら》布《め》の鎧、兜はかぶらず乱髪に後鉢巻《うしろはちまき》、黒の大馬に打ちまたがり、長さ八尺余り、鉄の太輪《ふとわ》をはめたる樫《かし》の木の棒をリュウリュウと打振り打振り、

「ヤアヤア我こそは真田幸村の家来筧十蔵照国《てるくに》なり、家康殿の御首頂戴なさん、覚悟あれ」

と呼ばわった。

「ヤア又かい、これは大変、逃げろッ」

とばかり馬に鞭、ハイヨーッと逃げ出した。

逃げるのは家康の十八番、やがて奈良の般若寺《はんにゃじ》という寺の本堂の前まで来てどこか隠れる場所はないかとあたりを見ている折しも本堂の扉がギイーッと左右に開くと、現れ出でた六尺あまりの大入道、黒糸縅の大鎧を着なし、坊主頭に後鉢巻、六尺あまりの大鉄棒を右手に持ち、

「ヤイッ家康、汝の来るのを最前からこの所に於て待っていた、よくここへ逃げて来た、我こそは真田左衛門佐幸村の家来に、その人ありと知られたる三好清左衛門《みよしせいざえもん》入道清海とはわが事なり、汝の首はこの清海が叩きつぶしてくれるから、覚悟をしろ」

といいながら持ったる大鉄棒、本堂の縁側へドシーンと突いて、ハッタと家康を睨みつけた。その恐しいこと、家康アッとおどろいて、

家「又出たか、ソレ者ども続け」

とあってドンドン逃げ出した、よく逃げることのすきな爺さんです。これを見た清海入道、

清「ヤア逃げるとは卑怯なり、待て、待て、待てーッ」

と呼わりながら後を追駈ける。家康に附従う旗本五、六人踏み止まって、清海入道と渡

り合う、その間に家康はようやく虎口をのがれて住吉の本陣へ逃げのびた。幸村の一子大助は、荒川熊蔵、猿飛佐助、霧隠才蔵、由利鎌之助、大力角兵衛などいう強勇《ごうゆう》の面々を引連れて、枚方《ひらかた》へ乗《の》りこんで秀忠の来るのを今や遅しと待っている。二代将軍秀忠、軍勢一万人をひきい、伏見を立って、先手は酒井《さかい》忠俊《ただとし》の軍勢一万人合せて二万人の同勢、隊伍堂々、今枚方の堤にかかった時に、ドズーンという一発の鉄砲の音、さては敵の伏勢ありと覚えたりと、ざわめき立った折しも、大地鳴動すると見えたるが、ドドーン、ガラガラガラガラビリリビリビリリッドドン……地雷火一時に爆発して大地は八角に破れ、その間から火の玉飛びだして中天に打ちあがり、その響百千雷の一度に落ち来ったかと疑われ、黒煙天をおおい、人馬もろとも中天へ打ちあげられる有様、実に物凄いよう。これ幸村より授けられたる計略に依って大助がうずめおいた地雷火であった。このために秀忠の大軍はちりぢりになって潰走《かいそう》する。

こうして機先を制した幸村の軍略に、関東軍は恐れをなし、又幸村の指揮はよく図に当って、徳川勢十数万の大軍をもって攻めたてても、なかなか大阪城は落ちない。

終に家康より和議を申込んでここに媾和《こうわ》談判ということになり、合戦は中止をしたが、事実は関東軍の敗であった。これも全く秀吉の築造した大阪城が難攻不落といわれた名城であるからでもあろうが、第一は幸村の采配宜しきを得たためであるから、大阪城内の人々皆幸村を神の如く敬い、又敵の関東軍は家康をはじめ諸将、今更のように幸村の智才の勝れていることに舌を巻いて恐れた。

二　夏の陣悲壮の最期

　媾和談判となった、それには「淀君を人質として江戸へよこすか、大阪城の外濠《そとぼり》を埋めるか」という二つの条件が出た。幸村は淀君の人質をすすめ、外濠を埋立てる時は城の要害を損じ、いざ合戦という時は必ず落城するようになる、家康の目の着けどころはそこにあるから、外濠を埋立てることは味方の不利、豊臣家滅亡の原因であると席をたたいて意見をしたのであるが、淀君これをきかず、終に外濠を埋めるという条件で談判は成立った。

しかし悪がしこい家康、後々どういう事をするかわからぬというので木村長門守重成が、茶臼山の家康の本陣へ乗込んで行って条約の血判を取って戻った。

とに角この大阪の戦もここに平和を告げることになった。

ところがその翌年元和元年四月に至って再び合戦を開くことになった。それは家康が、大阪城の外濠だけを埋める約束であったのを、外濠ばかりでなく、二の丸、三の丸の濠まで埋めにかかったので、サア大阪方が黙っていられない。人を以て掛合ったが、もとより豊臣家をつぶそうと考えている家康、表面は元の通りにするといいながら、やはり約束にそむいてドンドン埋立ててしまった。これが大阪方の不平、それに前年の合戦の時に大阪方へ味方をして入城した浪人組は、この戦で抜群の働きをして徳川方を倒し、あわよくば一国一城の主になろうという考えであった。

それが平和になったので、目的がはずれて面白くない、ところへ家康がこの横暴「もうかんべんならぬ、やれッ」という気勢、ここに再び旗挙げをして、徳川の大軍を引受けて戦うことになった、これを大阪の夏の陣という。

けれども外濠ばかりか二の丸、三の丸の濠までも埋立てられてしまったのであるから、前のような難攻不落というわけにはいかない、うまうまと家康の手に乗ってしまった。今度の戦は大阪方さんざんの敗北、城は炎々たる焔《ほのお》をあげて焼け、その火中に淀君と秀頼は糒蔵《ほしいぐら》の中で終に自殺をして相果てた。つづいて薄田《すすきだ》隼人正《はやとのしょう》、後藤又兵衛、塙団右衛門、木村長門守などという名将豪傑も皆討死をしてしまって、さしもの真田幸村も手の下しょうがない、真田丸にあって、炎々と燃えあがる火の手を、無念の形相物凄く、きっと見つめている。ところへ十勇士の人々、いずれもさんざんの苦戦に鎧はちぎれ、全身に矢を負い、刀の刃はこぼれて鋸《のこぎり》の如く血みどろになって引あげて来た。

「わが君、無念でござる、最早《もはや》当城は落城でござるぞ」

「秀頼君にも淀君にも御自害」

「後藤又兵衛殿、木村長門守殿も討死と承ってござる」

幸村はホッと太い息をつき、
幸「ウーム、無念じゃ、死する身は覚悟の前、少しもいとはいたさぬが、前年媾和の砌《みぎ》り、この幸村の意見を用いず、外濠を埋立てる約束をいたしたのが、落城の原因、あの時幸村の意見をお用いあれば、かかる事もあるまじきに、それがかえすがえすも無念である」

とさすがの幸村もハラハラと涙を流して、又燃えあがる火の手を見ていたが、
幸「最早かくなる上はぜひもなし、最期じゃ。者共も敵に笑われぬよう、いさぎよく死ね」

×「ハッ、もとよりその覚悟でござる」

めいめい着ている鎧をぬぐ。この時海野六郎それへ進み、
六「このまま一堂に死するはいかにも無念である、若君大助殿にはお年若でもあり、一たんこの場を落延び、再挙を計られてはいかがでござろう」

聞いて大助、大目を見開き、

大「六郎、さような事を申すは怨みであるぞ、大助を若年と見て侮るか。大助は家康を刺さんとして事成らず、捕われとなって一たん命を助かりしが、あの時仕損ぜず、家康を討ったならこのような事には成行くまいものを、今日まで命長らえたのは、あの時の恥をそそごうがため、今かくなって秀頼公を初め父君、皆の者までの最期をみながら、我一人に生きのびよとは、この大助に今一度恥かけよと申すのか。この大助は生きぬぞ、第一に腹切って最期のほど見せてくれる、止めるな」

というより早く、血に染んだ脇差を取直し、力に任せて腹へグサとばかり突き立てた。

幸村ニッコリと笑って、

幸「オオ大助、よくいたした、それでよい」

静かに幸村も鎧をぬいだ、十勇士はただ涙の顔を見合せるばかり、なんの言葉もない。

そのうちに火は真田丸に移ったと見え、黒煙が渦を巻いて来た。

「最早これまで、刺違えて主君《との》の御供いたさん」

「オオッ……」

互いにひしと手を取合った。

ああ、計略、奮闘も空しく、火焔《かえん》の中に一世の智将真田幸村はいさぎよく自殺をした。

十勇士の面々も互いに刺違えて悲壮の最期を遂げた。

その中に穴山小助一人は、火焔黒煙におおわれた真田丸を抜け出し、越前忠直《えちぜんただなお》の軍勢の中へ切って入り、真田左衛門佐幸村と名乗って奮戦のうえ、刀折れて終にそこへ倒れ、越前の家来西尾某のために首を揚げられた。関東軍は幸村の首なりとして、その扱いをしたが、その実穴山小助の顔が幸村に似ていたところから、身代りとなって戦死をしたのであった。

✦パール文庫の表記について

古い作品を現代の高校生に読んでもらうために、次の方針に則って表記変えをした。

①原則として、歴史的仮名づかいは現代仮名づかいに改め、旧字体は新字体に改めた。
②ルビは、底本によったが、読みにくい語、読み誤りやすい語には、適宜付した。
③人権上問題のある表現は、原文を尊重し、そのまま記載した。
④明らかな誤記、誤植、衍字と認められるものはこれを改め、脱字はこれを補った。

✦底本について

本編「真田幸村」は、『少年少女教育講談全集　第六巻』（大日本雄弁会講談社、昭和6年）を底本とした。

✦パール文庫作品選者

江藤茂博〈えとう・しげひろ〉

長崎市出身。高校や予備校の教師、短大助教授などを経て、現在は二松学舎大学文学部教授。専門は、文芸や映像文化さらにサブカルチャーなど。受験参考書から「時をかける少女」やミステリー他の研究書まで著書多数。

✦表紙・本文イラストレーター

亜之飴助〈あの・あめすけ〉

魚座のB型。趣味はカメラで、綺麗な空を見るといつの間にかシャッターを押している。現在漫画とイラストでお仕事募集中。代々木アニメーション学院イラストコンテスト入賞者。

パール文庫《ぶんこ》

真田幸村《さなだゆきむら》

平成25年10月10日　初版発行

著　者　大河内翠山《おおこうちすいざん》

発行者　株式会社　真　珠　書　院

代表者　三樹　敏

印刷者　精文堂印刷株式会社

代表者　西村文孝

製本者　精文堂印刷株式会社

代表者　西村文孝

発行所　株式会社　真　珠　書　院

〒169-0072　東京都新宿区大久保1-1-7

電話(03)5292-6521　FAX(03)5292-6182

振替口座　00180-4-93208

ISBN978-4-88009-604-9

Printed in Japan

カバー・表紙・扉デザイン　矢後雅代

イラスト　亜乃飴助（代々木アニメーション学院）

「パール文庫」刊行のことば

「本」というものは、別に熟読することが約束事ではないし、ましてや感想文や批評をすることが必然なわけでもない。要は面白かったり、楽しかったりすればいいんだ。そんな思いで「本」を探していたら私が子供のころに読んだ本に出会った。

その頃の「本」は、今のように精緻でもなければ、科学的でもない。きわめていい加減だ。でも、不思議なことに、なんとなくのどかでほのぼのとして、今のものとは違うおおらかさがある。昔の本だからと言って、古臭くない。かえって、新鮮な感じさえするし、今とは違う考え方が面白い。だから、ジャンルを限定せず、勇気をもらえたり、心が温かくなるものをひろって、シリーズにしてみたいと思ったのが「パール文庫」を出そうと思った動機だ。

もし、昔の本でみんなに読んでほしいと思う作品があったら推薦してほしい。

平成二十五年五月